Jean-Paul Dubois est né en 1950 à Toulouse où il vit actuellement. Journaliste, il commence par écrire des chroniques sportives dans *Sud-Ouest*. Après la justice et le cinéma au *Matin de Paris*, il devient grand reporter en 1984 pour *Le Nouvel Observateur*. Il examine au scalpel les États-Unis et livre des chroniques qui seront publiées en deux volumes aux Éditions de l'Olivier : *L'Amérique m'inquiète* (1996) et *Jusque-là tout allait bien en Amérique* (2002). Écrivain, Jean-Paul Dubois a publié de nombreux romans (*Je pense à autre chose*, *Si ce livre pouvait me rapprocher de toi*). Il a obtenu le prix France Télévisions pour *Kennedy et moi* (Le Seuil, 1996), le prix Femina et le prix du roman Fnac pour *Une vie française* (Éditions de l'Olivier, 2004) ainsi que le prix Alexandre-Vialatte pour *Le Cas Sneijder* (2012). En 2019, Jean-Paul Dubois a reçu le prix Goncourt pour *Tous les hommes n'habitent pas le monde de la même façon*.

Jean-Paul Dubois

L'ORIGINE DES LARMES

Éditions de l'Olivier

ISBN 979-10-414-1989-0

© Éditions de L'Olivier, 2024

Le Code de la propriété intellectuelle interdit les copies ou reproductions destinées à une utilisation collective. Toute représentation ou reproduction intégrale ou partielle faite par quelque procédé que ce soit, sans le consentement de l'auteur ou de ses ayants cause, est illicite et constitue une contrefaçon sanctionnée par les articles L. 335-2 et suivants du Code de la propriété intellectuelle.

Till min farfar

*Aux absents
Virginie P.
Vincent L.
Jean-Michel T.*

Merci à Oan Kim

« J'ai vu tant de choses que vous, humains, ne pourriez imaginer… Des navires de guerre en feu surgissant de l'épaule d'Orion… J'ai vu des rayons briller dans l'obscurité près de la Porte de Tannhäuser… Tous ces moments se perdront dans l'oubli, comme les larmes dans la pluie. Il est temps de mourir. »

> « Monologue des larmes dans la pluie »,
> Roy BATTY (incarné par Rutger Hauer),
> dans *Blade Runner*

« Les hommes sont comme les femmes, il leur arrive de pleurer, mais seulement quand ils essayent de monter un meuble en kit. »

> Rita RUDNER

« Mon ambition de mathématicien, ma vie durant, ou plutôt ma passion et ma joie ont été constamment de trouver les choses évidentes. »

> Alexandre GROTHENDIECK

Scrotum et Stramentum

Il pleut tellement. Et depuis tant de temps. Des averses irréversibles qui semblent surgir de partout, la nuit comme le jour. Parfois une accalmie laisse entrevoir une parcelle du ciel d'autrefois, bleu lavé, mais très vite assombri par des vagues de nimbocumulus. Cela fait deux années que le temps s'est graduellement détrempé, transformant cette ville de briques sèches en une vallée lessivée par un régime de pluies. Tantôt ce sont de brusques et violentes tempêtes qui décoiffent les toits, tantôt de longues et patientes averses épuisent les arbres et font enfler les fleuves. La punition des eaux épure les rues, accable les charpentes et habite nos vies.

Je suis à la maison, devant la fenêtre de mon bureau, et je regarde les bourrasques qui bousculent les arbres. Cela fait des années que je n'ai pas ressenti autant de calme au fond de moi. Je sais que ces instants sont précieux car ils ne reviendront pas avant longtemps. Après ce que j'ai fait, et cela me surprend à peine, je n'éprouve pas de regret ni d'angoisse. En dépit du déluge, je suis apaisé, comme un homme fatigué qui a fini sa journée. Je sais que l'on va bientôt venir me chercher et m'interroger. Je suis là, prêt à dire ce qui doit l'être. Je ne redoute rien de ce qui vient. J'attends et je profite humblement de cette pluie robuste et têtue qui détrempe nos vies.

Oui, je regarde et j'attends. Je n'ai plus que cela à faire. Je regarde le ciel de cette aube vagissante, je pense à cette maison qui sait tout, à ces murs qui ont tout vu, à toutes ces choses familières qui m'entourent et qui ont tout entendu durant tant d'années. Mais elles ne me seront d'aucun secours. Elles ne diront rien, ne témoigneront pas. Elles demeureront à leur place, me laissant le soin de faire face à ces heures et ces jours et ces nuits qui m'attendent. À ces questions inutiles, ces interrogations déplacées. Se défendre n'est jamais chose facile quand on est seul et que l'on ignore le remords. D'une certaine façon je suis indéfendable et d'ores et déjà condamné à perpétuité à porter la dépouille souillée de l'aïeul. Et peu importe que ce vieillard fût un diable.

J'attends que l'on vienne me chercher.

Mon père, Thomas Lanski, est mort voilà deux semaines, à l'Hôpital général de Montréal, à l'âge de quatre-vingt-deux ans. Mutique, paralysé, il a passé la dernière année de sa vie dans cet établissement. Après son décès, son corps a été conservé durant six jours dans le dépositoire de cette institution. Lorsque j'en ai été officiellement informé, j'ai pris l'avion pour le Canada afin de faire rapatrier sa dépouille et régler les démarches administratives auprès du consulat de France à Montréal. La semaine dernière, lui en soute et moi en cabine avons embarqué sur le vol Air France AF349 à destination de Paris. Quarante-huit heures plus tard, débarqué à l'aéroport de Toulouse et transféré nuitamment, le corps de mon père a été déposé dans une morgue de banlieue, vissée dans un ancien abattoir réhabilité, proche d'un des centres hospitalo-universitaires de la ville.

Durant le vol de Montréal à Paris, une dame assise à mon côté est morte pendant le trajet. Émergeant dans la pénombre climatisée d'un sommeil qui paraissait paisible, sa tête s'est tournée vers moi semblant vouloir saisir une idée qui la fuyait, puis a pris une lente inclinaison vers l'avant, et c'était fini. Le personnel de bord a signalé que le vol allait devoir dévier de sa trajectoire et faire une escale technique pour se poser, au cœur de la nuit, à Shannon, dans le comté de Clare, en Irlande. Sans en préciser le motif, mais insistant pour que chacun demeure à sa place.

C'est là que le corps fut débarqué sur une civière. L'éclairage au sodium du tarmac surlignait la silhouette des hommes qui s'affairaient autour de l'ambulance portes grandes ouvertes. Ils rangeaient calmement leurs accessoires comme les remballent des ouvriers à la fin de leur journée. À cet instant j'ai songé à la famille de cette passagère qui à cette heure-là, blottie au creux d'un autre fuseau horaire, dormait encore dans la quiétude de l'ignorance.

Le fait que j'aie fréquenté plus de morts que de vivants durant ma vie a sans doute contribué à ce que cet événement, pourtant rare dans un avion de ligne, ne m'ait pas surpris ni bouleversé outre mesure. Dans la soute, je suis convaincu que Thomas, lui, a dû s'amuser de la situation en voyant son fils sans qualité côtoyer au plus près une nouvelle fois un corps sans vie. Dans notre famille, et dans l'entreprise Stramentum qu'elle dirige, il faut bien convenir que la mort est sans conteste notre égérie, notre actionnaire principale, que je suis le fade héritier de cette firme macabre et très certainement, aussi, le continuateur de la sombre génétique qui l'inspire.

Je m'expliquerai longuement là-dessus.

En attendant ceux qui doivent venir, j'écoute avec attention le bruit régulier de l'eau ruisselant dans les chenaux, je respire le pétrichor, cette odeur froide, organique, de la pluie se mêlant à la terre, et regarde passer les heures qui, elles aussi, avec lenteur, s'écoulent. Parfois, il m'arrive de me dire que je ne vaux peut-être pas mieux que mon père, ce Thomas Lanski-là. Si tant est que cet infâme nom fût véritablement le sien.

Ils sont arrivés tout à l'heure, vers 6 heures et quart. Trois hommes ruisselants, souillés par l'averse. Des visages interchangeables. Ils se sont présentés à moi et, après avoir vérifié mon identité, m'ont signifié le début de ma garde à vue avant de me demander de les suivre.

Je range quelques affaires dans un petit sac de voyage. J'ignore tout de la durée et de l'itinéraire de celui que j'entreprends. Je vais devoir traverser tellement de pans de mémoire, arpenter tant d'années. Revisiter sa vie, en répondre, est une expédition incertaine, périlleuse et lointaine.

Avant de monter dans la voiture de mes gardiens, je regarde la maison et, à cet instant, je sais qu'elle aussi me dévisage. Elle me murmure la phrase que m'avait dite la seconde femme de mon père vers la fin de son existence : « Il n'y a que deux dates qui comptent dans une vie. Celle de ta naissance et celle de ta mort. »

La clarté du jour n'est plus la même qu'avant. Sous le poids des nuages d'orage, mois après mois, la lumière a décliné. Il n'est pas rare, certains jours, de devoir allumer l'électricité dès le milieu de l'après-midi. L'humidité habite en chacun de nous, pèse sur nos poitrines et une atmosphère de chancissure imprègne l'air que nous respirons.

Les pneumatiques de la voiture, menée bon train dans les rues détrempées, font éclater les flaques en gerbes d'eau. À l'intérieur nul ne parle et seule la radio de bord égraine par moments des messages de patrouille qui se désagrègent dans l'indifférence des fonctionnaires.

Une odeur de tissus moisis tapisse les couloirs réglementaires de l'hôtel de police.

Je suis assis devant une table administrative plaquée d'un faux bois maladroit qui a depuis longtemps renoncé à donner le change.

Face à moi, un homme hésitant s'exprime à tâtons. Il s'est présenté. Comme une ombre. Sa voix éraillée fabrique des mots qu'il semble extirper péniblement de sa gorge. Il n'y a pas si longtemps il était encore jeune. Aujourd'hui son visage présente déjà des traces fugaces de lassitude et de renoncement. Dans le dos de cet inspecteur, une porte de verre, opaque et sablée, barrée d'une plaque noire gravée qui révèle la nature de notre rencontre : « Interrogatoires, salle n° 1 ».

L'homme a des yeux cernés de noir, des yeux de mineur qui remonte du fond. Il n'est pas sans conséquence d'archiver ainsi chaque jour les minutes du dégât des hommes. Le hasard nous a mis face à face dans ce que j'appellerais une intimité procédurale. Nos rôles sont assez convenus. Je dois parler, et lui, transcrire.

D'abord les faits, bien sûr. Ceux qui ont motivé la garde à vue. Commencer par ça. Pour le reste, c'est-à-dire l'essentiel, on verra.

Je me nomme Paul Sorensen. Pour des raisons que j'ignore, et que nul n'a jamais pu m'expliquer, j'ai été enregistré à l'état civil sous le nom de ma mère biologique, Marta Sorensen, morte à ma naissance, emportant avec elle mon frère jumeau, le 20 février 1980, à 21 h 30. Cette nuit-là, mon père est ailleurs. Il dîne, paraît-il, en ville. Il n'apprendra la mort de sa femme et celle de l'un de ses fils que le lendemain avant de confier la charge du survivant à un parent et de partir illico pour deux semaines de villégiature dans le sud de l'Italie. Cinquante et un ans plus tard, cet homme est décédé comme je suis né, seul, à l'hôpital de Montréal.

Hier soir, 17 mars 2031, aux alentours de 23 heures, je me suis rendu à la morgue qu'il m'arrive de fréquenter occasionnellement en raison de mes activités professionnelles. Malgré l'incongruité de l'horaire j'ai demandé à l'un des préposés de garde de me conduire jusqu'à la dépouille de Thomas Lanski, mon père. L'homme, qui m'avait reconnu, ne fit aucune difficulté. Et lorsque je lui révélai le but de ma visite, déposer le corps de mon père dans une des housses mortuaires que nous fabriquons chez Stramentum, il m'offrit même son aide pour glisser le cadavre congelé de Lanski dans son nouveau *body bag* familial. Une fois le transfert accompli, et le cadavre à nouveau déposé dans son tiroir de conservation, il se retira, me laissant me recueillir devant Lanski. J'emploie son nom seul à dessein, ce nom souillé, car il m'est très difficile de prononcer le mot de « père » le concernant. On se fait tout un monde de ce que je vais maintenant raconter. Mais non. Les choses se font naturellement, presque paisiblement, elles s'enchaînent dans une quiétude mentale alimentée par une haine sereine, une sauvagerie légitime couvée depuis l'enfance. J'ai donc baissé la fermeture éclair de notre Stramentum modèle 3277 jusqu'à ce que le corps nu et vieilli de Lanski soit à nouveau dévoilé. J'ai regardé ces vieilles chairs, viandes fripées d'où saillaient quelques os. Son sexe reposait en arc de cercle sur l'une de ses cuisses. De ses couilles, déjà avalées par l'entrecuisse, plus aucune trace. Pourtant, mon frère mort-né et moi venions de cet endroit-là. J'ai regardé ce bas-ventre, ce canal conjonctif qui nous avait propulsés vers la vie, cet appendice flétri qui ce jour-là s'était mis en tête de fonder ce qui allait tout détruire, une vie de famille.

L'inspecteur me demande de lui accorder un instant. Puis se lève et sort de la salle. Cet homme est peut-être trop jeune pour entendre ce genre de choses. L'odeur du commissariat est si forte qu'elle finit par déposer comme un goût dans la bouche, qui évoque les vapeurs d'un voile cryptogamique. Le policier est revenu et dépose deux verres d'eau sur notre table. Il réajuste la caméra qui enregistre ma déposition et me demande de bien vouloir répéter que je refuse la présence et l'assistance d'un avocat.

Je poursuis. Maintenant, remonter la fermeture de façon à ce que seul le visage de mon père émerge de son emballage familial. Glisser la main dans ma poche, armer le revolver acheté quelques heures plus tôt, appliquer le canon à même la peau et tirer deux balles. Le premier projectile traverse l'os frontal de la boîte crânienne, l'autre, tiré de biais, brise le sphénoïde, avant de s'enliser dans la vase cérébelleuse et nauséabonde où pourrissent les archives et les méfaits de toute une vie. Deux coups de feu, deux claquements qui résonnent dans l'environnement glacial et métallique des tiroirs funéraires. J'ai scruté les conséquences de mon tir sur le visage de Lanski. Elles étaient peu spectaculaires. Deux trous, un peu de sang mort réfrigéré et c'est tout. J'ai essuyé une petite éclaboussure qui souillait un pan de notre 3277. Puis j'ai remonté la fermeture éclair et, d'un geste sans remords, renvoyé Lanski dans ses ténèbres à coulisses. J'ai pensé très fort à mon frère, puis, sans rencontrer personne, quitté l'endroit en traversant le long couloir par lequel j'étais venu.

Voilà pour les faits. C'est bien moi, son fils Paul, qui, cette nuit, ai abattu Lanski. Une quinzaine de jours après sa mort.

Ce que je ne pourrai jamais dire à l'enquêteur, c'est que tout à l'heure, dans cette morgue, se tenant en retrait dans la pénombre, j'ai aperçu la silhouette de mon frère. Il était revenu pour moi, pour être à mes côtés. Sa présence était en chaque chose, à chaque instant. Il n'eut pas un regard pour notre père, mais ses yeux que j'avais cherchés toute ma vie étincelaient et me répétaient : « Si tu ne l'avais pas fait c'est moi qui m'en serais chargé. » Qui pourrait croire une chose pareille ?

L'homme encore jeune m'observe professionnellement en s'efforçant de ne pas laisser transparaître la moindre émotion. Mais il ne peut s'empêcher parfois de baisser les yeux.

Qui que nous soyons, quelle que soit notre place en ce monde, nous portons en nous trop de choses douloureuses ou déshonorantes. En silence, elles nous embarrassent et, un jour, elles nous trahissent.

Le visage de l'enquêteur se voile maintenant d'un air embarrassé. Son assurance a été de courte durée et je vois bien qu'il ne sait plus quoi penser à mon sujet. C'est sans doute la première fois de sa vie qu'il a à prendre une déposition d'une telle nature. Nous sommes, assis face à face, à pouvoir nous toucher. J'essaye de répondre à ses interrogations avec loyauté, mais mon récit est sans doute trop frontal. Je lui confie alors qu'il faudrait tellement de temps et de nuances pour rendre justice à cette histoire. Mettre de l'ordre en moi-même, trier dans la honte et la douleur des souvenirs. À commencer par l'intimité du désastre originel. Celui d'un enfant né d'une mère morte.

L'enquêteur me fait répéter cette phrase. Je devine qu'elle le surprend, le met sans doute, une nouvelle fois, mal à l'aise. Il la transcrit avec fidélité sans parvenir à dissimuler une forme d'embarras.

Je continue. En entrant dans la salle d'accouchement cette nuit-là, nous étions trois. Intimement liés par le cœur et le sang. Marta Sorensen, ma mère, mon frère jumeau, et moi. Nous vivions des mêmes eaux et en quelques minutes le malheur nous a désossés. Je fus le seul à survivre. Amputé des miens, il me fallut apprendre à aimer une seconde mère, à endurer la folie, la perversion et les raptus d'un père malfaisant. Celui-là même que je viens d'abattre post mortem. Le moment venu, je reviendrai sur ce geste étrange ainsi que sur la jurisprudence qui l'éclaire. D'autant qu'il m'en souvienne, ce père a toujours été un être désaxé, dangereux, pervers, irrigué en permanence d'un flux malveillant. Dans cet univers inversé, mon seul et unique projet fut de grandir contre lui.

À cet instant j'observe que l'enquêteur a du mal à concevoir l'idée que l'on puisse ainsi grandir *contre* quelqu'un, a fortiori lorsqu'il s'agit de son géniteur. Mais comment saurait-il que, pour mon sixième anniversaire, cet homme m'offrit un canari dont il venait d'arracher la tête avec les dents ?

Ce que je vais dire maintenant peut sembler singulier, sans rapport direct avec ce qui précède, mais reflète pourtant l'architecture, le tissu profond de ma réalité : dans cet enclos familial, dès le début de mon existence, j'ai confusément ressenti que la mort chemineraît toujours à mes côtés, me témoignerait une bienveillance distante, veillerait sur moi à sa façon, allant, plus tard, jusqu'à subvenir à mes besoins en m'offrant un emploi pour le moins singulier et un certain confort financier. Les premiers mots de mon père à mon endroit, furent : « Tu es marqué par la mort. Tu devras toute ta vie apprendre à vivre avec elle. »

Cette dernière précision rassure l'enquêteur, même si sa compréhension générale de l'affaire, loin de progresser, semble au contraire s'effilocher au fil de notre conversation.

Nul ne peut prétendre raconter le récit de sa naissance. Pourtant, je me souviens, disons, de l'essentiel. Je ne saurais dire par quel canal d'enregistrement ces moments se sont inscrits en moi. La mémoire n'y est évidemment pour rien. C'est autre chose. Une capture de sensations, de la peur panique, un froid glacial et, sans doute, la découverte d'une peine primaire, un chagrin animal, une détresse archaïque. Comme si les chairs et les os avaient fait le travail d'archivage. Comme s'ils avaient classé chaque moment, chaque molécule. Et dans l'air, ce vide, cette solitude glaciale, ce goût aride du sang de la naissance.

Chacun de mes anniversaires commémore la mort de Marta et de mon frère. L'origine des larmes se trouve là, au fond du ventre de ma mère. Ce ventre dont je n'aurais jamais dû sortir. Ce ventre qui aurait dû m'ensevelir au côté de mon frère. Ce ventre qui m'a expulsé au dernier moment vers la vie sans que je demande rien ni que je sache pourquoi. De l'air est entré dans mes poumons pour la première fois au moment même où leurs cœurs ont arrêté de battre.

Je ne parle jamais de ces choses-là. Ce sont les circonstances de l'interrogatoire qui m'amènent à convenir de ce qui suit : j'ai en moi l'inconcevable conviction d'avoir été présent cette nuit-là, debout, dans un coin de la salle d'accouchement, déjà vieux, témoin brisé et pétrifié de mon avènement, scrutant les derniers instants d'un marché odieux, de l'échange insensé qui était en train de se jouer dans cette maternité, devant moi : deux morts contre ma vie. Je suis le fruit de cette rançon. Je sais ce que je dis. Je connais l'origine des larmes.

L'enquêteur se bloque sur cette phrase, marque un temps, se raidit. Son visage se crispe d'un rictus fugace, évoquant le frisson d'un homme pénétrant dans de l'eau froide. Ses doigts s'éloignent lentement du clavier comme si son contact s'avérait soudain désagréable. Il cherche une issue pour dissimuler ce malaise. Il se ressaisit et me demande de lui confirmer que j'ai bien déclaré que je connaissais « l'origine des larmes », même si, selon lui, cette curieuse affirmation n'a rien à voir avec les faits qui précèdent et encore moins avec l'affaire qui nous occupe.

Je ne réponds pas. Je ressens simplement qu'il m'appartient d'imposer et de définir les contours du silence et des mots qui nous enferment dans cette pièce. Il faut que ce jeune homme se mette bien en tête que *je n'ai tué personne*.

Dehors, la luminosité décline et les averses fouettées par les bourrasques malmènent les vitrages. Après des années de sécheresse, d'aridité et de chaleurs abrasives qui faisaient craquer les corps et les écorces, la pluie s'est installée. Elle s'infiltre en nous, change nos vies, et nul ne sait dire pourquoi. Elle m'obsède. Je suis hanté par ces eaux. Depuis plusieurs années nous vivons ainsi sous des régimes insensés de brutales bascules météorologiques. Depuis deux ans, à des degrés divers, le fleuve marche sur les terres, déborde dans nos existences et, patiemment, envahit tout ce qui peut l'être.

Je regarde le visage de mon interlocuteur. Outre les soixante-cinq pour cent d'eau qui irriguent son corps, j'essaye de deviner ce qu'il y a à l'intérieur de cet homme. Et je n'y trouve rien de bien différent de la mécanique des fluides qui m'anime. Nous sommes assis face à face, pareils à des animaux domestiqués, sans animosité réelle l'un envers l'autre, et sachant au fond de nous que nous sommes plus ou moins condamnés à nous entendre. Une sorte de couple occasionnel d'usage courant.

En pensant à l'étendue de ma tâche, j'éprouve une fatigue vertigineuse et demande à faire une pause.

Si l'enquêteur pouvait lire dans mes pensées, sans doute m'opposerait-il que sa tâche à lui est de mener un interrogatoire, non d'animer une conversation, et que, juridiquement, rien ne justifie que l'on puisse ôter la vie à un cadavre. Je poserais alors mon regard las sur ses yeux de mineur fatigué et je dirais simplement : « Bien sûr que si. »

La nuit en garde à vue

Que la nuit fut longue. Dans cette petite cellule individuelle où les heures écorchent le temps et torturent la mémoire, je me suis efforcé de conserver en moi le plus longtemps possible la douceur et la bienveillance du regard de mon frère. Il me manque depuis le premier instant, il m'a manqué toute une vie. Comme notre mère. Je n'ai jamais vu son visage et je ne sais absolument rien d'elle. Mon père a fait disparaître toute trace de son existence. Il n'a jamais voulu répondre à la plus innocente question de ma part la concernant. Il n'existe aucune photo d'elle, et dans les armoires, aucun vêtement, aucune paire de chaussures. Je n'ai pas la moindre idée de ce à quoi elle ressemblait ni de ce que fut sa vie avant de rencontrer Lanski. Mon père utilisa cependant la jeunesse suédoise de son épouse pour échafauder à mon intention un scénario vertigineux, incroyablement malsain, sans doute la pire histoire que l'on puisse raconter à un enfant orphelin. Tout cela sera consigné plus tard si nécessaire. La seule chose que je sache aujourd'hui de Marta c'est qu'elle est morte au moment de me prendre dans ses bras. Je ne sais même pas où elle a été enterrée et mon père n'a jamais fait le moindre effort pour guider ma recherche. Le corps de mon frère, sans existence légale ni prénom – car lui n'a jamais respiré –, a été jeté aux ordures hospitalières. Mon père ne s'est jamais intéressé à sa dépouille. J'ai du mal à croire que tout ceci ait encore un sens. J'ai du mal à croire que j'aie pu séjourner, ne serait-ce que quelques instants, dans les testicules et le scrotum de Thomas Lanski, mon père. J'ai du mal à croire que ma mère, Marta Sorensen, Suédoise native d'Uppsala, ait pu, un jour, pour quelque raison que ce soit, l'accueillir en elle et jouir de ses impatiences. J'ai du mal à croire que je sois parvenu à survivre à cet éjaculat. Et toujours je me demanderai pourquoi le destin ne m'a pas fait partager ce soir-là le sort de millions de mes frères emportés dans le vortex d'un vieux bidet d'aisances et le frottis vaginal d'un coton de linge de toilette.

À chaque tentative, une caille émet cinq cents millions de spermatozoïdes par millilitre. Un dindon, dix milliards. Mon père ? Allez savoir.

Mon frère jumeau et moi, gamètes aveugles de trois microns de large et soixante de long, éparpillés dans cette nuée brouillonne, avons survécu et sommes malencontreusement sortis du lot. Ce fut là notre péché originel.

Toute la nuit, dans cette cellule rectangulaire, mon esprit a tourné en rond. Comme un chien derviche essayant de se mordre la queue.

Je suis encore dans le ventre de Marta, tout à côté de mon frère jumeau. Nous avons toujours vécu l'un contre l'autre. Jamais nous n'avons éprouvé l'inquiétude d'être seuls. La voix de notre mère était douce et calme. Même si nous ne comprenions pas ce qu'elle disait, l'entendre, toujours, nous apaisait durant notre longue nuit commune. Je me souviens aussi de ceci, qui est parfaitement clair dans mon esprit : j'ai toujours aimé mon frère. Je ne l'ai jamais vu, mais je l'ai toujours aimé. Profondément.

Je pense que je suis né les yeux ouverts. Grands ouverts. En pleine nuit. Je suis né les yeux ouverts pour comprendre ce qui se passait. Ce qui était en train d'arriver autour de moi. J'en suis certain. On dit que les nouveau-nés ne distinguent pas la lumière. C'est faux. Je suis persuadé que dès la première seconde, dès les premiers instants, j'ai compris et senti que n'importe quelle lueur valait mieux que l'obscurité. L'enfant vient de naître. Il vient de naître d'entre les morts. Peut-être en a-t-il déjà conscience. D'ailleurs il ne crie pas, il ne dit rien.

Oui, la nuit fut longue à fureter ainsi. Face à Lanski. Face à sa voix. J'espère pouvoir raconter tout le mal que cet homme a fait durant sa vie. Même si j'encours le risque de ne pas être cru.

J'aimerais tant pouvoir établir une chronologie claire et limpide de cette histoire. Recenser méthodiquement les malveillances paternelles. Mais cela est impossible tant elles furent variées et nombreuses, s'entrelaçant dans les courbes du temps ou explosant comme du shrapnel. Il faudrait plusieurs vies pour collecter, assembler ces sous-munitions dévastatrices et leur donner un sens.

La fenêtre est trop haute pour que je puisse voir la pluie qui dévale du ciel, mais dans la pâle lueur du jour je l'entends chuinter, ruisseler, nous dire qu'elle est là, qu'elle ne nous lâchera pas.

De retour dans la salle d'interrogatoire n° 1.

Au moment où l'inspecteur entre, j'ai la conviction que nous allons vivre ensemble les dernières heures de ma garde à vue. Il porte sur ses traits les stigmates de son abandon. Je devine et je comprends parfaitement qu'il ne souhaite pas avancer plus avant dans ce cloaque. Il a obtenu l'essentiel de ce qu'il recherchait. Des aveux complets. Des aveux réglementaires. Des aveux confus, sans doute bavards, mais à même de s'insérer dans la grille de lecture d'un juge d'instruction. Le reste, les larmes, le frère, la mère, les arrangements avec la mort, rien de tout cela n'est du ressort de la police. L'homme encore jeune dépose son imperméable et je remarque que le bas de son pantalon est trempé par la pluie. Et il m'apparaît soudain comme un enfant qui aurait sauté dans des flaques d'eau.

Il me salue et m'annonce que les premiers rapports de la balistique confirment mes dires.

« Pourquoi aurais-je menti ? »

L'enquêteur est troublé par ma remarque. Il prend un temps de réflexion puis fait un léger mouvement de tête pour signifier que, dans ma position, oui, tout bien considéré, je n'avais aucune raison de dissimuler quoi que ce soit.

Son attitude confirme mon pressentiment. Ce jeune homme ne pourra pas aller bien plus loin dans la retranscription et la compréhension de ce récit. Il n'est pas à sa place. Notre association prendra vraisemblablement fin cet après-midi à l'heure où il faudra allumer les lumières de ce bureau. Il dira quelque chose comme : « Je crois que nous avons exploré tous les éléments constitutifs de cette affaire. Nous avons presque terminé. Vous voulez ajouter quelque chose ? » Juste l'ombre d'un sourire, comme on accorde le bénéfice du doute.

Conscient et persévérant, il aura tout enregistré, tout noté, avec l'entêtement des innocents. Il confiera le dossier au juge, puis rentrera chez lui en repensant à toute cette histoire. En chemin, une pluie neuve, transperçante, s'infiltrera par tous les interstices, tous les orifices de ses vêtements jusqu'à l'imprégner tout entier et ne faire plus qu'un avec son épiderme.

En buvant un café, l'inspecteur me dit que, cette nuit, cinq personnes, toutes de la même famille, sont mortes dans l'effondrement d'une vieille maison en bordure du fleuve. Minés et affaiblis par les inondations successives, les murs se sont brutalement écroulés. Les propriétaires avaient plusieurs fois refusé d'être évacués. Finalement leur seule faute fut d'habiter trop près des eaux. Ce fut pendant dix ans le cas de Lanski. À l'époque de la sécheresse et des fournaises, prétextant les insuffisances controuvées de son hypothalamus, et affirmant qu'en raison de ces carences son organisme ne régulait plus sa température, il acheta une villa au bord de la Garonne, une bâtisse sans charme mais lovée dans un berceau de fraîcheur et piquée de saules tortueux dont les longues mèches baignaient dans le fleuve. Il nous fit vite comprendre, à moi comme à sa femme, que ce « logement thérapeutique » était réservé à son usage exclusif. Il avait, disait-il, besoin de calme et de solitude pour endurer ces vagues de chaleur. Je le revois, flottant dans ses shorts ridicules, vieilli et plus méchant que jamais.

L'inspecteur met de l'ordre dans ses notes, m'accordant une oreille lointaine.

Tandis qu'il classe et reclasse ses papiers, je pense à notre maison et pour la première fois je prends conscience qu'elle et moi risquons d'être séparés l'un de l'autre. Cette vieille demeure a de la dignité, de la force, du courage. Elle a résisté au temps, vu lentement grandir les arbres qui l'entourent et mourir les êtres qui l'habitent. Eux ne se sont jamais vraiment intéressés à elle. Ils l'ont traitée comme un abri d'usage. Pourtant quand la lumière décline, pour qui sait l'écouter, cette maison parle. Et il lui arrive de dire des choses bouleversantes.

L'inspecteur a fini ses petits rangements. Et vérifié quelques points de procédure. Son pantalon ne goutte plus sur ses chaussures. Il rapproche son siège de la table de conversation et me pose une ultime question, fort embarrassante, à laquelle je risque de ne pouvoir donner une réponse exhaustive. « Que faisait donc Thomas Lanski, votre père, dans la vie ? »

Spontanément, je répondrais : « Le Mal ». Mais je sais, pour le pratiquer depuis plusieurs heures, que le gamin qui saute dans des flaques d'eau ne se contentera pas d'une telle concision. Alors, commençons. Au risque d'être là jusqu'à la nuit.

À la fin des années 70, je crois, Lanski fit ses premières armes en s'improvisant négociant, achetant notamment des montagnes de métaux provenant de l'usine d'Ostrava, en Tchécoslovaquie, pour les revendre dans les pays d'Afrique francophone sous le label trompeur d'« acier suédois ». Il y eut une histoire de rupture des câbles de tension d'un pont, des expertises sur les matériaux, mais l'affaire s'arrêta aux portes d'un tribunal auquel il échappa de justesse. Il entreprit ensuite de convaincre sa seconde femme, Rebecca Huisbourg, propriétaire de l'usine de sacs mortuaires Stramentum, de financer une grande surface de la mort offrant tous les services afférents. À la tête de cet étrange commerce, sans doute avant-gardiste, il voulait proposer toutes sortes d'obsèques fantaisistes hors de prix, des copies de tombeaux « égyptiens », des petits livres et des vidéos retraçant la vie du défunt, et des crémations transformant le carbone des cendres des morts en un « diamant éternel » monté sur bague. Il projetait aussi d'ouvrir une division pour incinérer et offrir des cérémonies grandioses aux animaux domestiques, avec une machine capable de reproduire la créature d'après photo. À la même époque il avait en revanche très mal vécu le fait que l'administration lui ait refusé les autorisations nécessaires pour l'ouverture d'une société de cryogénisation pour humains, qu'il souhaitait adosser à son projet de barnum funéraire. Pour une vingtaine de milliers d'euros et un abonnement annuel pour la conservation des corps, il prétendait offrir à ses clients les glaciers de l'éternité. Prisonnière d'un amour irraisonné et aveugle, ma belle-mère était toujours prête à subventionner les délires lanskiens. Pourtant, cette fois-là, elle mit un terme à ses délires. À la fin des années 80, fasciné par la grâce des acrobaties mitterrandiennes, mon père se piqua de gymnastique politique. Frayant avec la frange assouplie des socialistes accommodants, il essaya de leur extorquer quelques prébendes, comme l'idée extravagante d'une investiture du parti pour des législatives partielles, dans une obscure circonscription à mi-chemin du Cher et de la Loire. Évidemment, il n'obtint rien, sinon de vagues promesses concernant un hypothétique siège au Sénat qui ne devait pas tarder à se libérer.

Un peu plus tard, son nom apparut deux fois, et en position peu enviable, dans le scandale Urba-Gracco, cette affaire de financement occulte du PS. Selon le dossier, l'implication de mon père concernait des traces de « prélèvements » destinés à un usage plus personnel que socialiste. Une fois encore, grâce à je ne sais quelle relation, Rebecca parvint à « effacer » ses indélicatesses, lui évitant une embarrassante visite chez les juges.

Par la suite, je ne saurais dire en quelle année, mon père entama une brève carrière de bâtisseur, s'associant avec quelques promoteurs pour les aider à entasser le maximum de logements sur des terrains de banlieues limitrophes de zones constructibles. À charge pour Lanski de convaincre, *by all means*, comme disaient ses partenaires, l'administration locale d'utiliser sa baguette magique afin de changer la destination de ces sols et rendre ces friches constructibles.

Structurellement déshonnêtes et indélicates, les affaires de mon père tournaient souvent court et finissaient aux abords des portes d'une prison. Cette fois, avec ses amis bâtisseurs, il fut condamné à une peine de détention avec sursis et à une forte amende pour des « négociations » et une tentative de corruption menée au-delà du raisonnable. La justice condamna aussi sévèrement l'édification d'une pyramide de Ponzi, cette figure prisée des escrocs, à l'architecture fragile, résistant mal au temps qui passe et aux investigations d'un juge. En bout de course, lors de la mise sur le marché des dernières tranches des programmes de cette grosse cavalerie immobilière, il apparut que les appartements avaient été revendus, sur plan, à trois ou quatre acheteurs différents.

Durant toutes ces années Lanski ne survécut que grâce à Rebecca qui, en dépit de ses infamies et ses trahisons, le protégea et le soutint financièrement. Jamais il ne lui témoigna la moindre gratitude. Au contraire, il s'employa, vers la fin, à l'humilier et à tenter de la ruiner, de la même manière qu'il s'acharna sur Stramentum dont j'ai la charge depuis la mort de ma seconde mère.

Il y a dix ans, pour échapper une nouvelle fois à des poursuites sérieuses, mon père dut s'exiler. Associé à une société espagnole chargée de collecter et de recycler les médicaments périmés en Europe du Sud, Lanski, en bon prédateur, saisit très vite l'opportunité qui s'offrait à lui de détourner des lots importants, de falsifier les dates de péremption et de les revendre à des réseaux africains peu regardants, ceux-là même qui avaient peut-être écoulé, bien des années auparavant, son fameux « acier suédois ». Le jour où la presse révéla les premiers contours de ce misérable scandale, mon père rentra précipitamment chez lui, rassembla quelques affaires, des documents et, sans un mot, quitta dans l'heure la maison pour ne jamais y revenir. Jusqu'au dernier jour de sa vie, ma mère espéra son retour. Jamais elle ne le revit.

Grâce à un nouveau miracle, mon père passa au travers de l'enquête africaine et le Canada ne se montra guère intéressé par les motivations qui avaient poussé ce nouveau migrant vers les territoires du Québec. Par l'un des rares amis qu'il avait laissés en France, j'appris qu'il vivait à Montréal et avait acheté, Dieu sait pourquoi, deux laveries à Brossard, activités ostensiblement licites qui lui permettaient, au cours de fréquents déplacements à Toronto, de participer à un vaste réseau de braconnage international fournissant toutes sortes de peaux d'animaux ou favorisant l'export mais aussi l'import d'espèces protégées. Dix années après ces nouvelles malversations, j'appris son hospitalisation à l'hôpital de Montréal à la suite d'une attaque qui lui avait enlevé le geste et la parole.

Je fis un seul voyage pour lui rendre visite après son AVC. Dans un but bien précis, très éloigné des marques d'affection qu'un père est en droit d'attendre de son fils.

L'inspecteur me regarde comme si j'étais une œuvre d'art, le *Bacchus* du Caravage. Sans doute le tableau que je viens de brosser à son intention lui révèle-t-il un pan inconnu du lanskisme et de son art d'être au monde. Dans son genre, mon père est une galerie d'art conceptuel, à mi-chemin du MoMA et d'Alcatraz.

Plus je dévisage l'inspecteur, plus je pense qu'il est temps que quelqu'un entre dans cette pièce, allume la lumière et mette fin à cet interrogatoire maladroit qui ne révèle rien d'autre que l'étendue des décombres de ma vie, les vestiges éparpillés de mon existence.

Il sera temps alors pour lui de se lever, d'empiler ses trois petits dossiers et de quitter la salle sans un mot. Il oubliera bien sûr d'emporter son imperméable, qu'il reviendra chercher plus tard. Mais je ne serai plus là.

Water, water everywhere,
nor any drop to drink

J'aime bien ce procureur. Il est tout à fait singulier, magnanime, il possède l'art de la digression et la faculté de mettre ses interlocuteurs à l'aise. Et le fait que j'aie tiré deux balles de petit calibre dans le crâne de mon père défunt ne semble pas à ses yeux être un acte irrémédiable. Son bureau donne sur les grands arbres de l'avenue et offre à chaque instant un point de vue splendide sur la valse des eaux voilant, par saccades, la canopée.

Le juge dit qu'il a lu le rapport de l'inspecteur et trouve cela saisissant. « Il y a énormément de choses que vous suggérez dans votre déposition. J'imagine sans mal que ce que vous ne dites pas, mais qui affleure, est bien la matrice principale de votre geste. Je suis là pour essayer de comprendre mais aussi pour faire appliquer une loi dont il m'arrive parfois de penser, lorsque je rencontre des cas comme le vôtre, qu'elle ne peut être d'aucun secours, ni pour vous ni pour moi. Je vais vous poser une question simple concernant votre père et qui m'est venue à la lecture de tout ce que vous déclarez sur la façon dont M. Lanski s'y prenait avec la vie. En d'autres termes, comment définiriez-vous, hors contexte, l'intelligence de votre père, la manière qu'il avait d'être au monde ? »

J'ai soudain l'étrange sentiment que le procureur Mingasson me ramène lentement vers la vie. Depuis ma sortie de la morgue, sans éprouver le moindre regret, j'ai l'impression d'avoir vécu dans un caisson étanche, sombre, étroit, où chacune de mes pensées me repoussait contre les cloisons, me contraignait, m'étouffait. J'avais beau tenter de me déplacer sans cesse dans cet ergastule, il y avait toujours un mort, une sale idée ou un Lanski pour m'empoigner et me soumettre dans ce minuscule périmètre. Je ne sais même plus ce que j'ai raconté à l'homme encore jeune, sinon que j'ai tout mélangé, mixé, rage et mémoire, faisant de notre vie un illisible smoothie familial. Ce qu'elle était en tout point, par ailleurs.

Définir hors contexte l'intelligence de mon père ? C'est l'expression « hors contexte » qui me pose problème. Je n'ai jamais connu ni imaginé mon père « hors contexte ». Car il était justement en permanence le texte, le contexte, le sous-texte. Mon père était un bloc fait d'un matériau inconnu. Essayons quand même de répondre. Thomas Lanski possédait une intelligence que je qualifierais de fulgurante. Qui pourrait s'apparenter à une intelligence artificielle de première génération. Essentiellement rapide mais qui n'apprend jamais de ses erreurs. Une intelligence bien sûr dénuée de morale et mécaniquement orientée vers le Mal. Je dirais même, conçue dans ce seul et unique objectif. Je ne pense pas avoir vu mon père réfléchir ou douter. Encore moins regretter. Il suivait inexorablement sa programmation interne, allait d'un point à un autre. Sans faille ni subtilité. Un prédateur rivé à son destin, sûr de sa force, confiant en son instinct, jamais rassasié et toujours en chasse d'une proie. C'était avant tout un homme totalement dénué d'affects. Un jour, sans le moindre humour, il m'a dit : « Tu sais pourquoi je n'oublierai jamais ta date de naissance ? Parce que tu es né le 20 février 80, le jour où Citroën a annoncé la dernière refonte complète de la gamme de ses 2CV. Tu peux vérifier. »

Il utilisait aussi des phrases toutes faites, obsessionnelles, déstabilisantes, justement hors contexte, quand bon lui semblait. Il les lançait dans ma chambre comme des grenades et tournait les talons. « Ça ne m'intéresse pas de gagner. Ce que je veux c'est que les autres perdent. » Ou bien : « Le sentiment d'insularité n'a qu'un lointain rapport avec la mer. » Ou encore : « Tu sais ce que c'est, l'érubescence, toi ? Tu le sais ? » Mais sa saillie préférée était quand même : « *Water, water everywhere and not a drop to drink.* »

Mingasson se redresse lentement dans son fauteuil et sourit. Il sourit comme un homme qui pose des questions sur l'intelligence des autres et n'hésite pas à mettre la sienne en avant dès que les circonstances s'y prêtent. « Comme la plupart des gens qui citent cette phrase extraite de *The Rime of the Ancient Mariner*, votre père estropiait le texte de Samuel Taylor Coleridge dont les vers exacts sont "*Water, water, everywhere,/ nor any drop to drink*". Mais pardon, je vous ai interrompu. »

Coleridge. *Nor any*. Je ne dois pas me laisser distraire. Cet homme est un procureur. Ne jamais perdre cela de vue. Je reprends. J'ai omis un détail qu'il devrait apprécier. Un détail est parfois la discrète signature d'une âme. Un accès à la « porte de derrière ». L'intelligence laisse toujours une empreinte. Celle de Lanski était identifiable entre toutes. Elle consistait à instaurer un étrange malaise pour déstabiliser son interlocuteur. Et Lanski possédait l'art d'installer le tangage initial. Dès la première rencontre, cordial, il tendait par exemple une main franche à son allocutaire et, avant que celui-ci ait pu dire quoi que ce soit, il lui annonçait avec un grand sourire : « Vous savez que je parle couramment le japonais ? » Variante : « Savez-vous qu'autrefois, au Québec, les autochtones appelaient le Saint-Laurent le fleuve qui marche ? » Que répondre à de pareilles choses ? Lanski, à qui je demandais un jour la raison de ces assertions ou de ces questionnements, me fit une réponse qui finalement lui ressemblait assez bien : « Quand je démarre ainsi un entretien, je sais que durant toute la conversation l'esprit du type que j'ai en face sera parasité par ce que je lui ai dit au tout début. Il sera perturbé car je lui pose des questions qui n'ont pas de réponse, je lui tiens des propos décalés, absurdes et qui de toute façon ne trouvent pas leur place lors d'une première rencontre. Tout à coup il est assis sur une chaise à trois pieds. C'est comme ça que je rentre dans sa tête. » Mingasson demeure impavide. Il écrit quelque chose sur la chemise du dossier. Quelque chose qui scelle peut-être les grandes lignes de mon avenir. Dehors une foudre lointaine et rincée par l'orage éclaire par instants la cotonnade sombre des nuages.

« Vous savez ce qui pourrait provoquer toutes ces pluies ? J'ai lu que cela viendrait de l'accélération du dérèglement du Gulf Stream. L'affaiblissement et le ralentissement de ce courant dans l'Atlantique Nord modifie profondément le climat de l'Europe. Tout ça c'est un gros problème pour demain. Indéniablement. Mais ce soir, la seule question à laquelle je dois répondre c'est : qu'est-ce qu'on va faire de vous ? »

Le procureur reprend le dossier et tout en le feuilletant me pose à la volée des questions de détail ne nécessitant que des réponses brèves, avant de s'interrompre brutalement. « Je pense à une jurisprudence qui pourrait vous concerner. Une vraie curiosité comme la justice a parfois l'art d'en produire. Dans votre cas, tous les faits étant clairement établis et reconnus, et la peine encourue inférieure à un an, je pense qu'une CRPC, une procédure de "plaider coupable", peut être une alternative à un procès classique. »

Assis sur un banc. J'attends. Durant cette étrange journée je m'efforce de tenir mon rôle avec ce qu'il faut de dignité. Et plus le temps passe, plus je me demande comment j'ai pu me retrouver ici. Comment le patron de Stramentum, une solide compagnie qui honore régulièrement de conséquentes commandes d'État, fournit nombre d'hôpitaux à l'étranger et jouit d'une réputation enviable dans le domaine des housses mortuaires, peut-il se retrouver à deux pas d'une incarcération pour avoir tiré sur un cadavre, et être dans l'attente d'un avocat commis d'office pour assister à une procédure durant laquelle ce plaideur aura pour unique consigne de la fermer ?

En fait, d'après ce que m'a expliqué le procureur, je devrais être jugé en comparution sur reconnaissance préalable de culpabilité. J'ai reconnu les faits et ils sont clairement établis. Si la réclusion encourue ne dépasse pas un an de prison, M. Mingasson a toute latitude pour fixer lui-même le quantum de la peine, qu'il soumet ensuite à un juge, et sans procès, celui-ci entérine la proposition du procureur qui, dans mon cas, pourrait être une condamnation avec du sursis. Mais tout cela est fragile, selon Mingasson, et repose sur une étrange jurisprudence – l'affaire Perdereau – qui dit que tuer un mort peut être assimilé à une tentative de meurtre si l'agresseur, au moment où il commet son geste, ne sait pas que la victime est déjà morte. Voilà dans quel univers je me suis mis, dans quels méandres je vais devoir me faufiler. En fait, le cas Perdereau, au lieu de m'accabler, pourrait bien alléger ma culpabilité.

En janvier 1986 un M. Willekens est tué au cours d'une rixe par M. Charaux qui le frappe avec une barre de fer dont il se sert ensuite pour l'étouffer. Le corps est laissé sur place. Le lendemain, M. Perdereau, n'ayant lui non plus aucune affection pour M. Willekens qu'il pense toujours vivant – et c'est là le point capital –, lui assène de nombreux coups de bouteille et finit par l'étrangler avec un cordage. Avant de s'absenter pour vérifier des éléments de procédure le procureur m'a livré un condensé de la jurisprudence en question : « La chambre d'accusation de la cour d'appel de Paris a renvoyé M. Perdereau devant la cour d'assises de l'Essonne sous l'accusation de tentative d'homicide volontaire. Et cela au motif qu'il y a bien eu commencement d'exécution, en l'occurrence étrangler un cadavre. Le fait est que l'infraction n'a pas été consommée étant convenu qu'il n'est pas possible de tuer un mort. Il n'y a donc pas eu meurtre. Cependant ce qui l'a empêché n'est pas un désistement volontaire de M. Perdereau puisqu'il ignorait, au moment des faits, que la victime était déjà morte. En conséquence les éléments juridiques sont réunis pour établir la tentative de meurtre. » Sur la seconde feuille que m'a confiée le juge se trouve le détail, l'*article de loi 225-17 modifié par la loi n° 2008-1350 du 19 décembre 2008 art. 13*, qui fait de moi un « anti-Perdereau » et fixe en revanche les contours de ce qui pourrait être ma condamnation : « Toute atteinte à l'intégrité du cadavre, par quelque moyen que ce soit, est puni d'un an d'emprisonnement et de 15 000 euros d'amende. »

Jusqu'au bout Lanski aura mené le bal. Jusqu'au bout il se sera joué de moi. Car c'est lui qui m'a conduit sur ce banc à lire des attendus et des versets du Code pénal. Lui, et lui seul. Il a raison. Il parle bien couramment le japonais et, comme il l'explique savamment, le Saint-Laurent n'en finit pas de marcher sur ma vie.

Il y a longtemps que cet homme est entré dans ma tête, qu'il y vit en ne laissant que désordre derrière lui. Il entre, sort, fait ce qu'il veut, n'importe quand, n'importe où. Et cela a toujours été ainsi. Même quand il n'était pas là, on l'avait en nous, comme une amibe, un parasite mental. Et tout se perpétue, même après sa mort. Il m'a conduit ici comme on amène un gosse à l'école. Pour apprendre. Pour comprendre la dialectique du maître et de l'esclave, pour accepter de baisser la tête, de courber l'échine. Lanski est en nous, ancré en moi, et aujourd'hui, dans ce palais de justice, je prends conscience que rien, jamais, ne le chassera.

L'avocat est assis à mes côtés. Tout à l'heure je l'ai vu arriver à l'autre bout du couloir. Trempé et presque sautillant. On aurait dit un jeune cocker rentrant de promenade, tout fier d'avoir pris l'averse. Je me dis, que si je passais mes doigts sur le sommet de son crâne, je sentirais le petit renflement osseux caractéristique de la race. Il m'a dit son nom mais je ne l'ai pas retenu. Je lui explique la raison de sa présence et lui fixe le cadre de son intervention. Il me dit ne pas trop apprécier ces procédures de plaider coupable durant lesquelles il n'a pas grand-chose à faire compte tenu de la nature de l'audience. « Même si je dois tenir un rôle de figurant dans cette procédure, à moins que vous ne contestiez la peine proposée par le procureur, je serai obligé de vous facturer ma prestation. C'est la règle. Puis-je vous demander pour quelle raison vous comparaissez ? »

La réponse fait son petit effet. Je lui explique que d'une certaine façon je suis une sorte de Perdereau, à la différence qu'avant de tirer dans la tête de mon père j'avais vu et filmé sa mort en direct, à Montréal, ce qui évidemment devrait me préserver de l'inculpation infamante de tentative de meurtre et m'imputer une simple atteinte à l'intégrité d'un cadavre. Troublé, l'avocat ponctue mes précisions de « oui » répétitifs qui évoquent ces têtes articulées de chiens de voiture qui oscillent au moindre ressaut. Bien sûr, jamais il n'a entendu parler de M. Perdereau, ni de M. Willekens, ni de M. Charaux. Qu'avait donc pu faire la victime pour mériter d'être tuée deux fois ? Et deux fois assommée, par le verre et l'acier ? Et deux fois étouffée, par la corde et le fer ? Des trois personnages de ce drame en deux actes, seul Perdereau entrera dans la légende. Pour un très étrange crime : tenter d'avoir tué un mort qu'il espérait vivant.

De temps en temps le jeune avocat, qui ne sait plus trop quoi me dire ou me demander, regarde le monde autour de lui, ces gens de loi qui marchent avec des liasses de dossiers, charriant sous le bras des vivants et des morts, trimballant, tous ensemble, des siècles et des siècles de peines et de prison.

Observant la fréquence avec laquelle il regarde sa montre, je devine que le cocker est en train de se demander s'il va établir une facturation au temps passé ou forfaitaire.

Depuis deux jours, tellement de choses se sont produites. Je ne sais plus quoi penser. La nuit de garde à vue a été si éprouvante. Pourtant ces journées et ces nuits douloureuses m'auront permis d'entrevoir le regard de mon frère, celui qu'il a posé sur moi, celui qui, un jour, qui sait me sauvera.

La joie du cocker

Maître Jenner. Il me répète son nom. Il semble avoir surmonté son petit embarras et tente maintenant de justifier sa facturation à venir en jouant les yogacharyas, en me conseillant de respirer profondément – « c'est important » –, en me garantissant que tout va bien se passer. À force de le fréquenter, il affirme bien connaître la psychologie de ce procureur en face duquel il faut toujours lever la tête et ne montrer aucune crainte, aucune faiblesse. « J'ai vu de vrais caïds s'effondrer devant lui. Il sait parfaitement déceler la faille chez un prévenu. Et dès qu'il la trouve, là, c'est fini. Jamais d'écart, pas de faute de procédure et, quelle que soit la personne qu'il a en face, toujours respectueux. Mais à l'intérieur, croyez-moi, c'est de l'acier trempé. Ce type va finir procureur général. C'est certain. Vous, en garde à vue, vous avez avoué ? Je veux dire, *tout* avoué ? »

Tout au long de ces deux jours j'ai avoué tellement de choses qu'aucun greffier n'aurait pu me suivre dans mes épanchements. Quand j'y repense, l'inspecteur a dû me prendre pour un détraqué. Sous l'effet d'une émotion compréhensible, je l'ai embarqué dans les pires recoins de notre famille pour lui montrer ce qu'elle sécrétait de plus repoussant. Bien sûr que j'ai avoué. Mais pas tout.

Il reste tant à faire et à dire pour récurer cette maison et l'âme de ceux qui l'ont habitée.

« Dans votre situation, qui est quand même assez rare et complexe, je pense que vous avez bien fait. Tout avouer, pour vous, c'est un plus. Ça évite un procès public. En tout cas tout à l'heure, pendant le plaider coupable, souvenez-vous, ne baissez jamais la tête ni les yeux. J'ai oublié de vous dire autre chose qui situe le personnage. Il n'intimide pas seulement les prévenus. Il essaye aussi de déstabiliser les avocats, surtout les jeunes, dès son entrée dans le bureau, en déformant volontairement leur nom qu'il connaît très bien. Il essaye de vous embrouiller la tête dès le début. Je vous parie qu'il le fera avec moi tout à l'heure. Il le fait toujours. »

La lumière extérieure décline de plus en plus et pourtant nous sommes à peine au milieu de l'après-midi. Au moment où il pénètre dans la pièce, le visage du procureur Mingasson n'est guère plus lumineux.

« Bonjour, maître Baner.
– Jenner, monsieur le procureur, Jenner. »

Le cocker a gagné. Dans un regard volé il m'adresse un sourire voilé d'humilité. Mingasson range des dossiers, à droite et à gauche, dans un ordre et un classement connus de lui seul.

« Monsieur Sorensen, je crois que nous allons pouvoir nous entendre. J'ai examiné les rapports de la garde à vue, les témoignages des employés de la morgue et vérifié les attendus du cas Perdereau. Votre affaire est l'exact contraire de celle qu'a examinée la chambre de la cour d'appel de Paris en ce sens que vous ne pouvez être inculpé de tentative de meurtre dans la mesure où tout démontre que vous étiez au courant du décès de votre père, dont la mort est d'ailleurs actée par l'Hôpital général et le consulat de France à Montréal. Dans ces conditions on ne peut vous accuser que d'une atteinte à l'intégrité du cadavre de votre père Thomas Lanski. Ce qui n'est quand même pas rien. Vous êtes en plein accord avec cette présentation, maître ? »

Jenner, ou Baner, ou Marler, se redresse comme un cocker à l'heure du repas et semble réellement surpris que l'on fasse appel à lui. Pour se donner une contenance et un peu d'importance, il feuillette quelques pages qui n'ont certainement rien à voir avec le dossier qui nous occupe, et s'empresse de valider le déroulé de son interlocuteur.

« Vous m'en voyez ravi. Dans une CRPC, comme vous le savez, votre présence est obligatoire, alors autant nous attacher à la rendre aussi fructueuse que possible. Vous concernant, monsieur Sorensen, pour ce qui vous est reproché, comme vous avez pu le lire, la peine requise est d'une année de prison et quinze mille euros d'amende. Dans un dossier pareil, vu sa nature, la personnalité de la victime comme celle de son auteur, je considère que rien ne peut être marchandé et que le coupable doit se soumettre à l'intégralité de la peine. À cela près que l'année de réclusion sera assortie du sursis, d'un contrôle judiciaire et d'une prise en charge médico-psychologique obligatoire pendant une année. Cette condamnation vous paraît-elle conforme aux règles de la loi et pouvez-vous vous engager à en respecter les termes ? Si vous y dérogiez, sachez que le sursis qui concerne la peine de prison ferme tombe et que l'incarcération devient automatiquement exécutoire. Qu'en pensez-vous, maître ? »

Jenner pose deux ou trois questions inutiles, s'excuse d'ergoter sur le choix du soignant puis convient qu'il s'agit là d'un jugement équilibré, en souriant comme un homme qui vient de signer son acte de mariage. Pour sceller l'accord, le juge, qui a quand même d'étranges façons, nous propose un verre d'eau.

« *Water, water everywhere, nor any drop to drink.* » Je n'ai pas pu m'en empêcher.

Mingasson continue son service comme si de rien n'était et sans me regarder glisse : « Vous voulez m'impressionner en me montrant que vous apprenez vite, monsieur Sorensen, ou bien vous souhaitez plutôt humilier feu monsieur votre père ? » Et bien que Jenner m'ait prévenu, à ce moment-là, je ne peux m'empêcher de baisser les yeux.

Il ne me reste plus qu'à comparaître devant un magistrat du siège pour qu'il homologue la peine proposée par le procureur. Il peut aussi arriver qu'il la récuse. Cela aurait pour moi la fâcheuse conséquence de devoir comparaître devant un tribunal pour m'expliquer publiquement sur ce « parricide » post mortem, avec son décor familial plutôt gothique, et surtout risquer de voir ma condamnation aggravée. Le cocker comme toujours me répète sa plaidoirie favorite : « Ne vous inquiétez pas, tout va bien se passer. C'est un bon jugement. Détendez-vous, respirez profondément. »

Une fois encore, pour savoir, il suffit d'attendre. La justice a l'éternité devant elle. Jenner marche de long en large, réglant au téléphone une affaire domestique qui semble de la plus haute importance. Pour ma part, j'essaye d'appliquer les préceptes de mon gourou, inspirer de grandes goulées d'air en m'efforçant de penser à autre chose. À Perdereau par exemple. Dans le fond cet homme n'a pas eu de chance. Il est tombé sur le mauvais juge, le mauvais jour, sans doute dans le pire des endroits. Ce jour-là, la chambre de la cour d'appel de Paris a inventé le concept de crime perpétré sur un cadavre. Perdereau a tenté de tuer un mort en l'étouffant. Et le fait qu'il ait ignoré qu'il était décédé depuis vingt-quatre heures ne rend pas, à mes yeux, son geste fondamentalement différent du mien.

Cet endroit, ce tribunal, d'une certaine façon, me fait penser à Stramentum. Les deux institutions ont en commun d'être alimentées par les puisards du malheur qui se déversent à flux constant, et qu'il faut sans cesse évacuer dans des housses mortuaires et des dossiers criminels. Jenner a fini de martyriser son téléphone. « Vous allez voir, l'homologation va se dérouler sans problème. Écoutez le juge, confirmez votre accord et rien de plus. Tout ira bien. N'oubliez pas de respirer à fond. Ne souriez pas, il n'y a rien de mieux qu'une bonne oxygénation pour abaisser son indice d'inquiétude. C'est scientifique, je vous assure. Voilà. En ce qui concerne la facture, je l'adresserai directement au siège de votre entreprise. J'ai trouvé vos coordonnées tout à l'heure sur le net. Sacrée affaire que votre société. Et dans un domaine où vous êtes certain de ne jamais manquer de clients. » On m'a tant de fois gratifié de cette tautologie que je ne l'entends même plus. À croire qu'elle s'enlise dans les cristaux de mon oreille interne avant de disparaître dans les ténèbres vestibulaires.

Dehors il fait maintenant presque noir et j'attends, sans pouvoir tromper mon impatience en m'adressant à un guichet quelconque pour demander si ce sera encore long. Et où l'on me répondrait que cela prendra le temps, que cela doit prendre du temps, parce que la justice des hommes ressemble au Saint-Laurent, ce fleuve inexorable qui marche et avance à pas lents. Et j'irais me rasseoir en attendant mon juge du siège, l'aristarque de

Coleridge, et le jeune cocker qui à cette heure ne rêve que de s'ébrouer sous la pluie.

Je suis assis sous la véranda de la maison. L'air frais, vivifiant, rebattu par les gouttes, regorge des parfums de la terre. En rentrant, je me suis longuement arrêté devant l'arbre sous lequel j'ai enterré mon chien il y a quatre ans. Dans une vie toute faite d'obscurité, il fut ma seule lueur. Même sous la pluie, il m'arrive d'aller m'asseoir dans l'herbe auprès de lui. Je ressens alors ce même apaisement qu'il m'apportait de son vivant. Lanski ne supportait pas la compagnie des animaux. L'épisode terrifiant du canari en témoigne.

J'ai du mal à croire que tout est fini ou presque. Que je n'aurai pas à revenir dans la salle d'interrogatoire n° 1, ni à patienter dans le bureau du procureur Mingasson ou à me lever quand rentre le magistrat du siège qui tient une partie de ma vie entre ses mains. Le petit cocker avait raison. Les choses se sont bien passées. Le quantum de la peine a été présenté par le procureur, le juge m'a demandé si j'acceptais la condamnation, et avant même que j'aie pu répondre, sans doute pour justifier ses émoluments et sa présence, Jenner le Cocker a lancé un oui qui ne laissait pas de place au doute, et trois signatures plus tard, aux portes de la nuit, je quittais le tribunal. Auparavant, sans doute pour habiller l'accord d'une certaine solennité, le juge a détaillé la condamnation et les contraintes qui l'accompagnaient. Il a beaucoup insisté sur l'année de soins auxquels je devais me soumettre avec assiduité sous peine de perdre le sursis qui couvrait mon année de prison. Lorsque j'ai demandé la fréquence et le type de thérapeutique auxquels je devais m'astreindre, les juges se sont regardés un instant, sans doute perplexes et embarrassés face au questionnement d'un fils ayant tiré deux balles dans le crâne de son père mort depuis quinze jours. Passé ce moment de flottement, la justice, qui se doit de toujours apporter des réponses claires, a laissé le plus pragmatique et le plus intrépide des deux magistrats dire : « Vous verrez ça avec votre thérapeute. »

Je suis à la maison. Je respire l'air de ce monde. J'éprouve quelque chose qui ressemble à de la paix. M'être assis auprès de mon chien m'a fait beaucoup de bien. Je pense à mes deux mères. J'aime mon frère. Il me manque plus que jamais. Demain matin j'irai à l'usine et je m'installerai à mon bureau. Sans doute planifierai-je la date de la crémation ou de l'enterrement de mon père. Je réfléchirai aussi au choix d'un endroit sordide pour la dispersion ou l'enfouissement de ses cendres. Cette nuit qui me semblait mal engagée s'avère en fait être un échec aussi inattendu que cuisant pour Lanski.

Les larmes du docteur Guzman

Le docteur Frédéric Guzman souffre de conjonctivochalasis, une maladie de l'œil qui provoque chez lui un épiphora. Dit autrement, le docteur Guzman a sans cesse l'œil droit qui pleure. Et souvent, comme un oiseau qui picore dans sa mangeoire, sa main plonge vers sa boîte de mouchoirs en papier dont il se sert pour éponger sa tristesse artificielle. Lors de notre première rencontre il m'a tout de suite mis en garde contre une fausse interprétation de ses épanchements liquides. « Ne vous méprenez pas. Ces larmes ne sont que la manifestation de mon âge, de l'obstruction d'un méat lacrymal et non le signe d'une quelconque compassion pour les tombereaux de tristesse ici chaque jour déversés. » À l'issue de ma première visite, je suis allé me documenter sur ce trouble ophtalmique. Et ce que j'ai lu m'a laissé perplexe. Car si un épiphora peut effectivement être provoqué par le vieillissement entraînant un dysfonctionnement du système de lubrification de l'œil, il peut aussi être la conséquence de la prise de médicaments systémiques tels que les antidépresseurs. Si tel était le cas, ma sympathie pour Guzman, déjà bien appuyée, ne s'en trouverait que renforcée.

« Le tribunal m'a transmis le récapitulatif des faits, le verbatim de vos interrogatoires et le calendrier de vos obligations de soins. Pour vous parler franchement j'ignore si cette année thérapeutique contrainte sera pour vous un soutien ou une corvée, si je pourrai vous être d'une aide quelconque, mais sachez que vous ne serez jamais écouté ou considéré ici comme un condamné de droit commun accomplissant sa peine. » Une larme perle sur sa paupière. Épiphora.

Guzman me propose un calendrier simple qui se calque sur les thèmes marquants évoqués durant mon interrogatoire et qu'il a identifiés. Douze mois, douze sujets, douze longues séances. « Elles dureront le temps qu'il faudra. Pour des histoires comme la vôtre, c'est la méthode que j'applique. Elle peut être fatigante, j'en conviens, mais c'est parfois à la fin de la journée, à la limite de l'épuisement, que surgit l'anamnèse. »

J'aime comparer les hommes à des animaux. Guzman me fait penser à un suricate, ce petit animal du désert, surnommé « le guetteur des sables » que l'encyclopédie décrit comme « toujours juché sur ses pattes arrière pour surveiller le mal qui rôde ». Cette description correspond bien à Guzman, qui n'a rien de commun avec ces thérapeutes blasés ou indolents, revenus de tous les troubles mondains. Au contraire, comme un suricate de l'âme, il conserve toujours une attention aiguë pour ne rien perdre de ce que son patient vient de livrer ici après l'avoir porté en lui durant tellement d'années.

Ce premier jour, et je serais bien incapable de dire pourquoi, j'ai posé, au cœur de notre entretien préliminaire, cette question totalement hors sujet à mon hôte : « Vous savez que vous portez le même nom qu'Abimael Guzman, le fondateur de la guérilla du "Sentier lumineux" au Pérou ? » Le docteur a noté quelque chose dans son carnet, puis en me souriant, le cou tendu comme celui du petit animal du désert, a dit : « Vous voyez comme c'est drôle, mais en entendant votre question, j'ai fait le lien immédiat avec ce que j'ai lu dans vos dépositions à propos de M. Lanski lorsque lors d'une première rencontre il annonçait à son interlocuteur qu'il parlait couramment le japonais. »

Un frisson m'a parcouru et j'ai su aussitôt que mes visites chez Guzman iraient bien au-delà d'une simple « obligation de soins ». D'autant qu'un peu plus tard, alors que nous évoquions un projet de liste de sujets que nous pourrions aborder, il m'interrompit : « Ne croyez pas que mon conjonctivochalasis interfère dans ma pratique professionnelle mais j'ai noté que vous parliez souvent de "l'origine des larmes". Ce thème récurrent mériterait que l'on s'y attarde une prochaine fois. Quitte à user une pleine boîte de mouchoirs. »

Si, lors de leur première rencontre, mon père avait accueilli Frédéric Guzman avec son vicieux mantra introductif affirmant qu'il lisait Kawabata dans le texte, il ne fait aucun doute qu'après avoir identifié le mal, bien dressé sur ses pattes arrière, l'autre lui aurait répondu : « Vous aussi ? »

La semaine prochaine nous commencerons notre première séance. Pour ne rien anticiper, ne rien préparer, j'ai refusé de prendre connaissance du programme qu'a établi Guzman. Je découvrirai les thèmes mois après mois. J'ai la conviction que la justice nous a assigné à tous les deux une tâche formelle, vaine et dérisoire, même si quelque chose me dit que l'homme que j'ai en face a bien l'intention de faire de moi un être présentable. Je sais qu'il a cette volonté et qu'avec sa foi et ses mouchoirs il croit pouvoir assécher un océan de larmes. Je lui fais crédit de cela. Mais il ignore tout ce que je n'ai pas encore dit, qui ne figure sur aucun procès-verbal et que je garde en réserve, derrière le sphénoïde, macérant là, dans le moisi des caves, depuis un demi-siècle.

« Avant de nous séparer, je voudrais vous poser une question concernant votre père pour compléter votre dossier. J'ai lu qu'après votre passage à la morgue, en ouvrant la housse mortuaire de M. Lanski, la police avait découvert un livre glissé à l'intérieur. Un livre surprenant, d'ailleurs, intitulé *L'Imitation de Jésus-Christ* et écrit, semble-t-il, au XVe siècle, par un moine du nom de Thomas a Kempis. J'ai lu qu'il s'agissait d'un manuel ascétique, prônant l'exercice radical de la foi, qui commence par cette phrase bien immodeste que j'ai notée : "Celui qui me suit ne marche pas dans les ténèbres." Et donc mon interrogation est celle-ci : M. Lanski était-il un fervent catholique, ou est-ce une main fort charitable qui aurait glissé cet opuscule dans la housse pour qu'il l'accompagne pendant sa longue marche et le guide hors des ténèbres ? »

Comme Abimael, Frédéric Guzman rend lumineux tous les sentiers. Ce thérapeute aurait fait un enquêteur de talent capable d'éclairer tous les recoins d'une histoire, là où se cachent le diable et ses fameux détails.

Bien sûr que j'avais été le facteur de *L'Imitation*, bien sûr qu'avant de quitter la morgue j'avais sorti ce livre de ma poche pour le mettre dans la housse du père, bien sûr que cela avait été prémédité, calculé, réfléchi. C'était un geste, une gratification, un pourboire misérable que l'on concède à un piètre voiturier. Une histoire entre lui et moi. Le point final apporté à la pire des choses que Lanski ait pu faire à son fils. Lui savait parfaitement pourquoi ce livre était là. Je voulais le lui porter à Montréal, peu de temps avant sa mort. M'asseoir près de lui, sur son lit d'hôpital, effleurer son corps inutile, presque mort. Sortir a Kempis de ma poche et le lui montrer jusqu'à ce que ses yeux brûlants de rage se voilent aussi d'effroi. Il était paralysé, même incapable de frissonner ou d'activer sa langue bifide. Juste a Kempis, ce qui restait de lui, et moi, moi tout entier.

Il est mort avant que j'arrive à accomplir ce deuxième voyage. Lors d'une séance, je m'expliquerai sur les raisons de la présence de *L'Imitation* dans notre housse. Cela donnera, j'en suis certain, une belle session.

Pour répondre à la question de Guzman – « était-il un fervent catholique ? » – je serais tenté de m'aligner sur les propos d'Arnaud Amaury, ce bienveillant légat du pape auquel on demandait comment, dans la ville de Béziers, distinguer les gens de Dieu des hérétiques, et qui s'en remit à sa merveilleuse foi : « Tuez-les tous, Dieu reconnaîtra les siens. »

Je pense que la pluie me reconnaît. Je pense qu'elle nous reconnaît tous. Le cabinet de Guzman est cerné par de profondes flaques. Le Gulf Stream ralentit et nos calamités s'accélèrent. Dans certains quartiers il est question d'installer, sur les trottoirs, des passerelles improvisées avec des bastaings posés sur des briques. Une année sous ces eaux, c'est très long.

La maison est solide, bien protégée. Le toit ne laisse rien passer. Les averses ont beau marteler les tuiles nuit et jour, elles ne parviennent pas à percer la cuirasse et sont rejetées sans égard dans le réseau pluvial. J'ai la chance d'être à l'abri. Protégé. J'ai toujours senti que, malgré son aspect pataud, cette bâtisse était de mon côté. Veillait sur moi. Mon père la détestait, trouvant qu'elle « manquait de panache ». Sur tous les sujets, tous les conflits, Rebecca abdiquait sans lutter devant mon père. Sauf quand il attaquait sa maison. Alors elle changeait littéralement de peau et défendait son abri comme une renarde protège son terrier. Lanski n'aimait pas battre en retraite et ferraillait plus que de raison, mais quand le ton était monté trop haut et que la défaite prenait des teintes trop cuisantes, il embarquait quelques affaires et disparaissait plusieurs jours.

Quand je rentrerai, tout à l'heure, je la regarderai. Et la maison fera de même. Elle pensera la même chose que moi : Lanski n'entrera plus ici.

Né sans vie
Session de mars

« Et si nous ouvrions cette année d'entretiens par l'origine, le début de toute cette histoire ? J'ai lu ce que vous avez dit sur votre naissance et la disparition simultanée de votre frère et de votre mère. Vous exprimez des choses étonnantes sur le souvenir que vous conservez de ces moments. Vous pouvez imaginer qu'il est très difficile pour moi de concevoir que votre mémoire de nouveau-né ait enregistré les détails aussi précis que vous mentionnez ? »

Quoi qu'il se passe, quelles que soient ses réactions, il faut que je conserve un lien avec Guzman. Je ne peux pas me permettre de le perdre. Mais il doit accepter qu'il m'est impossible d'expliquer ma mémoire. Elle a peut-être déraillé, mais c'est ma mémoire. Je n'ai qu'elle. Et je ne répète que ce qu'elle me dit. Concernant la mort de ma mère je m'appuie sur les archives de la clinique. Ma mère y est entrée le 20 février 1980, sous le nom de Marta Sorensen, née en 1947 à Uppsala, Suède. Son décès est enregistré à 21 h 30. Selon le compte-rendu du docteur Van Nuwenborg, la mort est due à une « ELA, embolie du liquide amniotique, complication imprévisible de l'accouchement associant un collapsus cardio-vasculaire sévère, un syndrome de détresse respiratoire aiguë et une hémorragie avec une coagulation intravasculaire disséminée (CIVD). L'un des deux enfants que portait la patiente est également décédé sans avoir réellement vécu. Dépourvu d'identité, non enregistré, nous ne savons pas ce qu'est devenu son corps. Il a pu être traité en tant que "pièce anatomique" ou alors comme "déchet" selon les définitions en usage. Dans tous les cas il a été détruit. Son jumeau, lui, a survécu ».

La mémoire médicale, clinique, s'arrête là. Ensuite j'ignore par quel mécanisme la mienne a pris le relais, comment j'ai pu ressentir ce froid glacial se plaquer sur ma peau sitôt que l'on m'a retiré du ventre de ma mère, comment l'absence soudaine de mon frère m'a plongé dans le vide et l'effroi. Je ne vais pas revenir sur les mécanismes mémoriels que j'ai déjà évoqués dans ma déposition, et qui ne sont qu'une hypothèse sans doute maladroite pour tenter d'expliquer les arcanes de cet archivage, mais ce dont je suis certain, c'est que depuis ce 20 février, depuis ce premier jour, il y a un trou en moi. Je ne sais pas l'exprimer autrement. Il y a un trou au fond de moi. Creusé à mes mesures. Suffisamment profond pour m'accueillir. Il habite en moi. Parfois je le sens, il bouge, change de position ou prend toute la place. Il patiente, il a tout son temps. Il attend que je tombe dedans. Et alors il se refermera. Pourquoi je dis cela ? Parce que tout a commencé ainsi. À l'instant même de ma naissance, j'ai senti cette béance s'ouvrir en moi. Comment peut-on encore frissonner cinquante et un ans plus tard à cette évocation, se souvenir aussi intensément d'un pareil moment survenu dès la première seconde de sa vie ? Je n'en ai aucune idée. La seule chose dont je suis certain et que suggère le rapport de l'intervention, c'est qu'il s'en est fallu d'un rien, ce jour-là, pour que je bascule moi aussi dans le trou qui a englouti ma mère et mon frère. Leur présence, leur contact, leur chaleur me manquent. Pour moi ils étaient tout et je les ai perdus. Ils sont mon conjonctivochalasis congénital, l'origine de mes larmes.

J'ai bien essayé de vivre sans eux, de m'enfermer avec mes petits organes, eux-mêmes affairés à leurs propres tâches, dans le noir, en silence. Me glisser silencieusement au travers du temps, tête basse, un jour après l'autre, j'ai bien essayé. Je n'y suis jamais parvenu. Ils ont toujours réussi à s'infiltrer dans ma tête, par toutes les issues, toutes les fentes, tous les trous, ils se glissent dans ma vie, habitent en moi. Et je ne les connais même pas. Je n'ai jamais vu le visage de ma mère. Pas davantage celui de mon frère. Lui a été déposé dans l'incinérateur avec les pièces anatomiques et les cadavres d'animaux de laboratoire. Elle, personne n'a jamais su où et par qui elle avait été enterrée. Elle repose peut-être dans une fosse commune, aujourd'hui appelée « carré des indigents ». Je ne sais pas. Toute une vie avec en tête une mère et un frère sans visage, dont la seule existence n'est mentionnée que dans un rapport médical et la cervelle fragile d'un nouveau-né qui dit se souvenir de tout. Moi, je sais et je persiste : ils sont là, dans ma tête, depuis toujours et jusqu'à la fin.

Je ne demande aucune miséricorde, aucun apitoiement. En revanche qu'on ne vienne pas juger de l'opportunité de mon châtiment. Il est ce qu'il est. Primitif sans doute, sauvage et barbare aussi. Mais à mes yeux bien moins dévastateur que ne le fut la faute initiale.

Pour mon frère, j'ai très vite compris que je n'avais aucune chance et que ma quête pour retrouver une trace de son bref passage sur cette terre serait vaine. À l'époque on n'enregistrait pas plus les « déchets » que des membres amputés ou des abats découpés par la chirurgie.

Toutes les preuves sont là pour attester formellement qu'en ce 20 février 1980 mon frère n'a jamais séjourné en ce monde, ne serait-ce que le temps d'une respiration.

Pour ma mère, il en allait différemment. Elle avait vécu assez longtemps pour tenter d'y déposer deux enfants. Elle avait vécu, respiré, aimé et laissé quelque part des traces de son passage. Vers l'âge de huit ans, j'annonçai un jour à mes parents que je partais à Uppsala pour apprendre des choses sur Marta. Rebecca me dit qu'elle comprenait ce désir mais que j'étais trop jeune pour engager seul un tel voyage ; quant à Lanski, il éclata simplement de son rire d'ogre. Mais je m'accrochai à mon projet. Un matin, sans la moindre idée de la façon dont j'allais me rendre à destination, mon petit sac en main, j'annonçai mon départ. Je trouvai mon père attablé à la cuisine en train de s'adonner à son sport favori de l'époque : dévorer comme un goinfre des poignées d'hosties Tradizionale, commandées à Modène, en Italie, par sachets de cinq cents pièces, chez Holyart – il aimait à le spécifier –, le fournisseur de la curie de Rome. Quand il ingurgitait ces pétales de pain azyme, mastiquant avec avidité comme il le disait le « corps du Christ » – Rebecca le traitait alors de « vieux perroquet blasphémateur » –, le monde et ses dépendances pouvaient bien s'ouvrir en deux et son fils filer vers la Suède. Ce matin-là, m'apercevant avec mon sac de voyage à la main, il dit : « Alors tu pars à Uppsala, chez les Vikings, vers la terre de tes origines ? » Tel Ragnar Lodbrok il me gratifia d'un gros rire puissant, enfourna quelques hosties supplémentaires et, faisant mine de me bénir avec l'une d'elles, la bouche pleine, il ajouta : « Que Dieu te bénisse, mon fils. »

Je trouve Guzman très silencieux, pour ne pas dire absent. Me vient alors l'idée que ce que je raconte ne présente pour lui aucun intérêt, ne s'inscrit pas dans le cadre de sa pratique ou s'écarte de la nature des « soins » que je suis censé recevoir dans cette maison. Je n'oublie jamais que je ne suis pas là de mon plein gré. Je n'ai demandé aucune thérapie. C'est le juge qui a pensé que j'étais assez fou pour m'en faire administrer une.

« Ne vous inquiétez pas du protocole, Paul. Il n'y en a pas. Vous parlez, j'écoute. C'est aussi simple que ça. À propos, souhaitez-vous que je vous appelle Paul ou préférez-vous monsieur Sorensen ? On verra ça tout à l'heure, vous me direz. Poursuivez tranquillement. Vous partiez à Uppsala. »

Je ne savais pas ce que j'allais chercher dans cette ville. Je voulais juste me lancer vers le nord à la façon d'un aveugle sans sa canne, seulement guidé par sa foi, cherchant à tâtons quelques bribes de tout ce que mon père n'avait jamais voulu me dire. Par exemple trouver une photo, un cliché ancien, flou, corné, jauni, peu importait. Juste l'esquisse du visage de Marta. Au moment où je m'apprêtais à quitter la maison, j'entendis la voix tonitruante de mon père hurler dans la cuisine : « Ta mère est née le 12 décembre 1947 ! Tu n'apprendras rien de plus ! » Je restai tétanisé un instant dans l'entrée, puis, mon sac de voyage à la main, comme un enfant qui rentrait de l'école, je remontai dans ma chambre.

À table, ce soir-là, Lanski me tendit son sachet d'hosties en me disant : « Goûte, ce sont les chips du diable. » Je glissai une rondelle dans ma bouche, je la sentis s'amollir sur ma langue et coller contre mon palais. J'en pris une autre, et une autre encore. Je trouvai ça bon.

« Tous ces "en-cas" de pain azyme, cette curieuse passion chez votre père, me suggèrent une question qui me semble évidente. Y a-t-il un lien, un rapport, entre ces orgies d'hosties et ce livre, cette *Imitation de*

Jésus-Christ du moine germano-hollandais a Kempis, trouvé auprès de votre père ? »

Il faut se méfier des questions qui semblent évidentes et souvent se garder de les poser. En l'espèce, et je le dis à Guzman, cela paraît assez puéril de relier ces deux événements. Et assez désobligeant pour moi de me croire capable d'un geste aussi lisible et médiocre et d'utiliser *L'Imitation* pour venger quelques sachets de cinq cents hosties englouties par l'appétit mécréant de Lanski. Je consacrerai une session entière à cette histoire d'a Kempis. Cette fois nous irons en Suède. Bien sûr, à Uppsala. Et pour y découvrir le pire.

Ce jour-là, je pense, Frédéric Guzman qui, au fond ne me connait pas, prendra la mesure de sa méprise.

Au commissariat ou ici même, je ne sais plus, a été évoqué le fait que je porte le nom de ma mère et non celui de Lanski. Il y a bien longtemps, à défaut de pouvoir accéder à l'état civil d'Uppsala, je m'étais rendu à celui de Toulouse pour comprendre cette curiosité. Comment avait-on pu m'inscrire sous le nom de Marta alors qu'elle était déjà décédée au moment où j'avais été déclaré ? L'employé était allé voir un superviseur, lequel avait révisé ses archives et conclu que ce genre de chose était impossible et ne pouvait arriver. Et pourtant c'était arrivé. « Sans doute une erreur de votre père, vraisemblablement encore sous le choc de ce qui venait de se passer. » Mon père, sous le choc ? Mon père, ce jour-là, réglait je ne sais quelles impérieuses affaires du côté de la baie de Naples.

C'est ainsi que je fus républicainement baptisé Paul Sorensen, rescapé, né d'une mère morte, dont je porte le nom, étant bien entendu que tout cela est impossible et n'est même sans doute jamais arrivé.

Dès la première consultation, je me rends compte que, pour moi, cette année d'« obligation de soins » pourrait bien être interminable et douloureuse. Rouvrir les plaies de toute une vie, gratter la tristesse, les souffrances, se confronter à nouveau à ces effarements d'enfant, cette stupeur éprouvée face au visage d'un père capable de tordre les os comme les âmes. Rouvrir les livres de peine, les almanachs de chagrin, les albums d'humiliation, entendre à nouveau jaillir cette voix de carnassier, voir ces mâchoires voraces mastiquer les jours de nos vies. À tout prendre, je me demande si une année de prison ferme n'aurait pas été pour moi une sanction plus douce et en tout cas moins douloureuse que ce protocole introspectif et intrusif.

Guzman m'a demandé de l'excuser un instant. En sortant de la pièce, comme il l'avait fait à plusieurs reprises pendant l'entretien, je l'ai vu essuyer une larme. À l'image des averses du dehors, son conjonctivochalasis ne s'arrête jamais. En l'attendant, je feuillette une des revues médicales posées sur la table basse. À la page 53, un titre : « Les vertus dépuratives et expectorantes de la salsepareille ». J'imagine bien Lanski entrer dans ma chambre et hurler ce genre de choses.

« Quand l'irritation et les écoulements deviennent trop forts je suis obligé de mettre un peu de Dacryoserum, un collyre à base de borax. J'évite de faire ce geste devant mes patients. Alors, ne soyez pas surpris si à l'avenir vous me voyez m'éclipser un moment. Nous avons un peu dérivé de notre objectif initial qui était l'identification des souvenirs du jour de votre naissance et la disparition de votre frère et de votre maman. Cela n'a rien d'anormal. L'esprit humain n'avance pas sur des rails. Il a son GPS intime qui ne connaît que sa propre cartographie. On peut continuer si vous le souhaitez. Nous nous débattions dans les grands sacs d'hosties de votre père. »

Il n'a pas dit « votre mère ». Il a dit « votre maman ». C'est la première fois. Je n'ai pas écouté la suite. Je suis resté sur « maman ». Je sens mes yeux se remplir lentement de petites larmes, des larmes d'enfant, de bébé même, qui a froid, qui a peur, qui tend ses bras dans le vide, qui cherche, espère un bout de son frère, un morceau de sa mère, la voix assourdie de maman.

Je ne pense pas pouvoir aller plus loin. Pour moi la séance s'arrête là. De toute façon je ne parviendrai jamais à expliquer comment j'ai pu me souvenir de ce que je ne peux raisonnablement avoir ni vu, ni senti, ni ressenti ce soir-là. La pédiatrie, la neurologie et tous les gens dotés de leur gramme de bon sens, tous ces hommes et ces femmes qui ont vu venir au monde leurs nouveau-nés, savent parfaitement qu'à ce moment-là l'obstétricien tient entre ses mains, en moyenne, trois kilos quatre cent cinquante grammes d'une viande humide, irriguée, et dont le cerveau possède une capacité mnémonique proche de celle du bacille subtil.

J'ai fait le maximum, donné toutes les informations en ma possession, vidé l'intégralité de mes archives affectives, fouillé tous mes secrets. De cela, je le maintiens modestement, il ressort que je n'ai rien oublié de cette nuit du 20 février 1980. Que, quoi qu'on en ait fait, j'aime mon « frère-déchet », mon jumeau. Qu'à cinquante et un ans je ne renonce pas à découvrir un jour une image du visage de maman. Que, depuis leurs disparitions, je vis dans le froid et le cruel. Que le moment venu je dirai bien sûr le pourquoi de *L'Imitation* d'a Kempis dans la housse du tyran. Et je devine par avance les larmes de plaisir que Guzman ne pourra s'empêcher de m'offrir.

Maintenant, il est temps pour moi de le remercier, de prendre congé, et d'entrer dans le flot de la pluie que je laisserai lentement m'envahir et m'imprégner.

Cette femme n'est pas ta mère
Session d'avril

Février, mars, avril, les eaux continuent de délaver et d'imbiber le calendrier. Devant le cabinet de Guzman, les petits trottoirs de bois surélevés ont été installés. Un peu comme à Venise à l'époque des hautes eaux. Heureusement les digues construites au siècle dernier le long de la Garonne préservent les quartiers les plus exposés de la ville. Mais les égouts ne peuvent plus rien avaler, les canalisations débordent et la terre, gorgée, n'absorbe plus rien.

« Bienvenue, Paul. Vous voyez, sans vous redemander votre avis, j'ai décidé de vous appeler Paul. Je trouve que c'est plus naturel maintenant que nous avons fait connaissance. »

Je me demande comment fonctionne le cerveau de Guzman, comment il hiérarchise les priorités, s'intéresse à une chose pour en négliger une autre. Cette histoire de prénom en est l'illustration. Pourquoi s'intéresse-t-il à ce détail au point d'ouvrir notre rencontre par cette allusion ? A-t-il réellement réfléchi à ce problème depuis notre dernière séance, cette broutille a-t-elle mobilisé sa réflexion jusqu'à peser le pour, le contre, et, après en avoir délibéré, à me faire part de ses conclusions ultimes dès les premiers instants de notre deuxième rendez-vous ?

« Lors de cette session d'avril, j'ai pensé que nous pourrions centrer notre travail essentiellement sur Rebecca Huisbourg que vous avez bien sûr évoquée, mais d'une manière périphérique, je dirais adjacente. Je voulais vous dire aussi que j'ai senti que vous étiez très concerné par nos problèmes climatiques et ces pluies incessantes qui nous accablent tous. Si vous en êtes d'accord, convenons une fois pour toutes de laisser ce sujet à la porte. Il est hors de question de nier l'importance de ce qui est et surtout de ce qui vient. Mais des conversations sur la pluie à défaut de beau temps n'ont pas leur place dans le cadre qui nous occupe. Quand vous le voudrez nous pourrons donc parler de Mme Huisbourg. »

Guzman doit être un homme millimétré, rationnel, à l'émotivité toujours tenue en laisse courte, pondéré, avec une intelligence que je vois glisser entre les obstacles avec une souplesse reptilienne. Chaque matin Frédéric sait où il va. Et la plupart du temps, chaque soir il se retrouve à destination.

Rebecca. Elle fut ma mère. La seule qui m'ait aimé, élevé, qui m'ait rassuré la nuit, qui m'ait lavé, soigné, éduqué, qui m'ait vu grandir, qui se soit souvent interposée entre moi et la brute, la seule qui fut la gardienne de mes anniversaires, la seule qui, sans l'avoir jamais vue ni connue, m'ait parlé de Marta et encouragé à lui témoigner un amour invisible. Avec moi, Rebecca fut une mère totale, absolue. Lanski, du début à la fin, le lui fit payer très cher.

Mes parents, c'est ainsi que j'appellerai le couple, se sont rencontrés peu de temps après ma naissance. Pour ce qu'on m'en a dit, ma mère tomba immédiatement amoureuse de Lanski. Et ce fut là un grand questionnement de ma jeunesse puis de mon adolescence. Comment une femme aussi intelligente, raffinée, cultivée que Rebecca pouvait-elle s'accoupler avec pareil butor, calculateur et sournois ? Si mon père avait été un animal, il n'aurait pu être qu'une murène, ce répugnant poisson anguilliforme, sans écailles, le corps recouvert d'un écœurant mucus, guettant sa proie tapie dans sa crevasse. La gueule immense de ce poisson, piquée d'une denture effarante, n'est comparable qu'à celle de mon père déchiquetant ses hosties. L'histoire dit que la bête tient son nom de Licinius Murena, un riche Romain qui en avait rempli tout un vivier dans lequel il aimait à jeter ses esclaves récalcitrants.

« Ce qu'il y a de formidable avec vous, Paul, c'est que partant de Rebecca Huisbourg, d'un coup, nous nous trouvons projetés dans les miasmes de l'Empire romain. Ne croyez pas que j'entretienne un problème avec les digressions que par ailleurs j'apprécie énormément, mais je pense que nous devrions nous recentrer sur l'essentiel de notre journée et laisser ce M. Murena régler à sa guise ses problèmes domestiques. »

Guzman est comme Licinius. Il aime parfois regarder ses sarcasmes grignoter ses patients. Mais en l'occurrence, il voit juste.

Je parlais de l'étrange couple que formaient mes parents. Il leur fallut quatre ans pour se résoudre à se marier et vivre ensemble dans la maison de ma mère. À cette époque, Lanski était une sorte de beatnik reconverti en négociant peu regardant et vivant dans les périmètres de la délinquance mondaine. Vite consolé de la mort de Marta et de celle de mon frère, il se mit très bientôt à la recherche d'une nurse compatissante et fortunée susceptible de l'héberger et de prendre en charge le gamin de trois mois qui lui restait sur les bras. Rebecca fut cette bienfaitrice. Jamais elle ne cacha sa passion pour Lanski, fermant les yeux sur l'inadmissible, détournant le regard du gênant, souriant même de la muflerie. Et donc, tous les trois, nous formions ce qu'enfant je croyais être une famille. Rebecca tenant, dans ce théâtre, tour à tour le rôle du père et de la mère, alors qu'en réalité elle n'était ni l'une ni l'autre. Je ne saurais dire vers quel âge vint la révélation. Peut-être six ou sept ans. Ce soir-là, comme cela arrivait de plus en plus souvent, Lanski s'était laissé aller à l'une de ses colères qui, comme chez certains animaux, donnaient à croire qu'il doublait sa corpulence. Je me souviens que tout à coup, soufflant les doubles portes du salon comme une bourrasque, la bête surgit devant moi et, désignant Rebecca du doigt, me hurla : « Écoute-moi bien, cette putain de femme n'est pas ta mère. Tu m'as compris ? Cette femme n'est pas ta mère ! » Et puis il y eut le silence. D'une épaisseur tangible. Du silence et des larmes. Les miennes se déversaient sur l'épaule de ma mère, qui me serrait dans ses bras et pleurait contre moi. Ce dont je me rappelle parfaitement, c'est que, durant les jours qui suivirent ce moment de honte, Rebecca évoqua avec moi la mort de Marta avec une infinie délicatesse, me répétant que désormais, même sans l'avoir connue, je penserais toujours à elle. Chaque fois que mes yeux s'embuaient, elle me serrait contre elle, me répétant qu'elle m'avait toujours aimé et qu'elle m'aimerait toujours.

Avec de grandes précautions et beaucoup de délicatesse, elle évoqua aussi la mort de mon frère le jour de l'accouchement. Elle en parla avec réserve, simplicité et concision. Quand elle eut terminé, je dis simplement : « Je le savais. Et pour ma mère aussi. »

« Encore une fois, est-ce que vous mesurez à quel point la persistance de vos assertions sur l'acuité de votre mémoire "embryonnaire" peut être embarrassante et perturbante pour votre interlocuteur ? Comment pouvez-vous être à ce point certain que vous n'avez pas reconstruit tout cela à partir de fragments de souvenirs d'enfance rassemblés et recollés au fil du temps ? »

Je n'ai aucune intention de revenir là-dessus. C'est à prendre ou à laisser. Je ne veux plus rediscuter de ça. Ma mémoire m'appartient. Elle a fonctionné ainsi que je l'ai décrit. À vous de savoir pourquoi. À moi de m'en accommoder. Je reviens à Rebecca. Elle n'a pas eu l'air surprise quand je lui ai dit que je n'ignorais rien de ce qu'il était advenu le 20 février. Elle a hoché la tête et ajouté : « Je prie souvent pour eux deux. »

Rebecca était catholique. Je dirais qu'elle appartenait au club mais sans le moindre fanatisme. Elle pratiquait discrètement, un peu comme on va à la salle de sport, une fois par semaine pour s'entretenir. Peut-être quelques génuflexions, des signes de croix par-ci par-là, une confession de temps en temps, tel était le secret de sa forme religieuse. Mon père se moquait d'elle chaque fois qu'elle revenait de ses dévotions. Il se montrait souvent grossier et humiliant. Elle demeurait d'une indifférence baltique face à ses volées de sarcasmes. Sans vouloir m'avancer dans un domaine qui ne m'est pas familier, je crois que ma mère acceptait cela parce qu'elle aimait profondément Lanski, mais aussi parce que cet homme la faisait jouir avec une intensité difficilement dicible. D'aussi loin que je me souvienne, la maison a toujours résonné des partitions qui régissaient les orgasmes maternels. Je m'étais habitué à ces riffs et ces ostinatos du bonheur, de la même façon que l'on finit par ne plus entendre les essais des sirènes municipales actionnées tous les premiers mercredis du mois. Bien sûr, à la maison, les alarmes étaient plus fréquentes. J'ai toujours pensé que cette relation charnelle était une sorte de nord magnétique dont elle ne pouvait s'écarter. Mais même sur ce terrain, Lanski pouvait se révéler le pire des hommes. Je me souviendrai de ce jour où ce fou furieux, sortant de sa chambre, s'est arrêté un instant devant la mienne, la main sur le chambranle de la porte, nu et en chaussettes, avec une érection, le temps de grommeler : « Putain, avec ta mère c'était vraiment autre chose, vraiment. »

En chaque domaine et tous les jours, comme un torchage de gaz naturel, se consumait l'incommensurable méchanceté de cet homme.

Bien plus tard, je n'ai jamais osé demander à Rebecca ce qui la contraignait à ce point pour supporter la démence d'un mari pareil. Adulte, pour défendre cette mère que j'adorais, tel un chien de montagne, je tentai d'écarter le prédateur, en aboyant aussi fort que lui, en lui jetant au visage, pêle-mêle, ses hosties, ses malversations financières, ses ennuis judiciaires, son voyage à Naples, mon frère, ma mère et d'autres choses bien plus graves dont il faudra bien que je parle. À moins qu'une nouvelle fois on n'émette des doutes sur la fiabilité de ma mémoire actuelle.

« Je suis désolé si j'ai pu vous blesser avec mes remarques tout à l'heure. Mais la narration que vous faites de votre naissance est tellement saisissante et précise qu'elle pose des questions insolubles à la raison élémentaire. Je ne sais que vous dire de plus sinon que, face à votre force de conviction, je me range à vos vues. Mais… »

J'imagine que tout est dans ce « mais » qui dissimule une foultitude de restrictions mentales. Peu m'importe.

Cette fois, c'est à moi de remettre cet entretien sur ses rails ; ils nous conduisent tout droit à l'étude de la situation que mon père a occupée dans les affaires et la vie de ma mère. Pour le dire brièvement et bien qu'il n'en ait plus l'âge, il s'est toujours comporté comme un piètre gigolo. Comme vous avez pu le lire dans le rapport du procureur, pendant presque un demi-siècle, en France, mais aussi durant les dix dernières années de sa vie passées au Canada, Lanski a macéré dans l'immobilier véreux, la dépravation politique, les affaires frelatées, l'escroquerie médicale, le trafic d'animaux – je sais ce que je dis –, les projets insensés, la corruption, ses gesticulations se terminant le plus souvent dans l'antichambre des tribunaux. Pour être clair, mon père a toujours vécu aux crochets de ma mère, utilisant ses chéquiers pour enluminer son train de vie, s'incrustant dans ses affaires jusqu'à risquer de les compromettre, comme lorsqu'il se mit en tête de « diamanter » les morts ou de les cryogéniser. La fortune personnelle de ma mère lui permettait fort heureusement d'amortir les foucades de son mari. Elle possédait Stramentum, cette usine de moulage et de transformation des plastiques qui se spécialisa au fil des années dans la housse mortuaire pour devenir au début des années 90 son unique production. En très peu de temps, ma mère hissa l'entreprise parmi les leaders du marché. J'ai toujours travaillé avec elle. Ma tâche consistait à surveiller l'innovation technique, suivre les études prospectives annuelles sur les taux de mortalité en Europe, et trouver de nouveaux clients à l'étranger. Pendant ce temps, Lanski, qui n'avait aucun rôle dans Stramentum sinon de maintenir à bonne température les cartes bancaires de la maison, se moquait de ce « fils à maman de trente ans qui suçait encore ses biberons ».

Il y a plus d'une dizaine d'années, mon père entreprit une œuvre sombre, indigne, qui allait conduire à un drame et bouleverser la vie et l'avenir de Rebecca.

Guzman vient de faire sa sortie. Discrète et quasi silencieuse. Juste un geste de la main. Comme un chat de salon il s'est éclipsé en glissant littéralement sur le tapis. Quelques gouttes, deux ou trois battements de paupières, un mouchoir pour éponger l'excès de collyre, une porte qui se ferme, et le revoilà.

Le frère de Rebecca, mon oncle Jules, vivait depuis toujours dans l'aile droite de la maison. Il avait ses entrées, ses sorties, sa vie, son territoire. On ne le voyait pratiquement jamais. C'était un homme délicieux, aussi doux que sa sœur. Mais un problème psychologique sérieux l'empêchait de socialiser et d'avoir une activité professionnelle. Il n'avait jamais travaillé, vivant toujours près de sa sœur, qui l'aidait et le rassurait.

Un matin, je me souviens que c'était en été, on le trouva pendu à la ferronnerie de son balcon du premier étage. Ses pieds étaient à deux mètres du sol, oscillant faiblement dans la brise du matin. Sa sœur appela pour qu'on l'aide à le décrocher. Il n'y avait qu'à couper la corde. Le corps s'affala dans un bruit mou, amorti. Jules en avait fini avec sa vie. Rebecca était dévastée, perdue dans les labyrinthes de la peine. Mon père, lui, allait et venait comme un vitrier en visite, passant des coups de fil personnels, plaisantant avec un associé, faisant signe aux employés des pompes funèbres de fermer les portes du salon. Il m'est alors apparu tel qu'il s'était comporté en cette nuit du 20 février, en sortant du restaurant. Il avait dû rentrer, boucler ses valises, appeler un taxi, et sortir en prenant soin d'éteindre la lumière derrière lui.

Sitôt Jules incinéré, Lanski dit à Rebecca que, si elle n'y voyait pas d'inconvénient, il allait investir l'appartement de son frère et y installer ses bureaux. Abasourdie, elle répondit naïvement : « Mais tes bureaux de quoi ? »

À partir de cette époque, la vie de Rebecca ne fut plus la même. Elle déclina de façon foudroyante. La disparition de son frère l'avait laissée orpheline et dépourvue de force. Très vite elle se déchargea sur moi de tout ce qui avait trait à Stramentum et tenta de trouver une part de réconfort auprès de Lanski, déjà trop occupé à falsifier ses étiquettes d'antibiotiques périmés destinés à l'Afrique, comme il l'avait fait autrefois avec ses aciers de contrebande. Toujours attachée follement, c'est le mot, à son mari, elle me fit cependant jurer de ne jamais le laisser travailler, sous quelque forme que ce soit, dans l'entreprise. Ne rien lui confier, ne rien lui concéder.

Je n'eus guère l'occasion de déroger à une telle promesse. Six mois après la mort de Jules, paniqué par le début des révélations sur le scandale des médicaments, mon père quitta la maison du jour au lendemain sans avertir ni parler à personne. Il s'évapora et jamais ne reparut. Une année plus tard, j'appris qu'il vivait au Canada.

Je n'osais rien dire à Rebecca, laquelle, en bonne catholique, croyait toujours au miracle. Elle continuait de fréquenter son église le dimanche et s'achetait parfois un brin d'illusion en faisant brûler un cierge pour le saint de son choix.

J'aimais cette femme qui aurait mérité un homme digne de ce qu'elle était et son affaiblissement me la rendait encore plus touchante. Je vieillissais moi aussi. Seul. J'habitais dans l'aile de Jules et n'ouvrais jamais la fenêtre du balcon. À Stramentum, je me débrouillais plutôt bien et entretenais d'excellents rapports avec les employés qui me connaissaient et me côtoyaient depuis toujours. Et puis le malheur nous rattrapa une nouvelle fois.

Une maladie à prions, dite Gerstmann-Sträussler-Scheinker. Maladresse, instabilité de la marche, difficulté pour parler, perte de coordination musculaire, démence progressive, atteinte des muscles respiratoires. En général le calvaire ne dépasse pas cinq années. « Votre mère souffre d'un GSS. » Le médecin m'a ensuite demandé si d'autres personnes de la famille en sont ou en avaient été affectées, car il s'agissait là d'une maladie héréditaire. Je n'osai pas lui dire que j'ignorais tout de cette famille, tant du point de vue génétique que généalogique. Je n'étais pas l'enfant de Rebecca, mais celui de Marta.

En apprenant la nouvelle, les premiers mots de ma mère furent : « Tu crois qu'il reviendra quand il saura ? »

Par un de ses amis, en lui spécifiant bien les raisons de ma demande, j'obtins les coordonnées de mon père. Trois ans durant je lui ai téléphoné toutes les semaines. Écrit chaque mois. J'ai essayé de faire intervenir des proches. Mais pour lui, sa femme était déjà morte. Quant à moi, je n'aurais pas dû naître.

La dégradation de l'état de ma mère fut plus rapide que prévu. On installa un dispositif médical dans la maison pour lui permettre de rester chez elle. Lorsqu'elle prit enfin conscience que, jamais, Lanski ne reviendrait, elle sut qu'il était temps pour elle de disparaître.

Grâce aux nouvelles dispositions de loi sur l'euthanasie et le droit de mourir dans la dignité, sa main dans la mienne, ma mère laissa Gerstmann-Sträussler-Scheinker se débrouiller entre eux et s'en alla grâce à un mélange de bromure de pancuronium et de pentobarbital. À l'instant même où cessa sa respiration, une idée singulière me traversa l'esprit : « C'est moi, seul, qui vais mouler sa housse mortuaire. »

On entendait le bruit des pneus de voitures chuinter sur le goudron gorgé d'eau. On entendait le bruit des pas d'un homme qui marchait à l'étage au-dessus. On entendait presque le bruit de nos respirations.

Ce silence avait quelque chose de purificateur. Il nous désinfectait de ce monde, de ces lâchetés, de ces maladies composées, de ces hosties Tradizionale, de ces mères martyres, de ces enfants perdus, des cordes de pendus.

J'étais reconnaissant à Guzman d'avoir respecté ce sas, de n'avoir rien dit, et même, peut-être, rien pensé. J'aurais voulu me lever et sortir sans un mot. Traverser la rue. Et rentrer chez moi à pied. Marcher, marcher jusqu'à ce que la pluie me lessive et dégouline sur mes os. Mais les « soumis à une obligation de soins » n'ont pas droit à un monde idéal.

« Je crois que nous avons fait une bonne session. Beaucoup de choses ont été dites. Et si j'ai bien compris certaines de vos allusions, il y en a encore pas mal à dévoiler. Je peux me permettre de vous dire ça : quelque chose se dessine. »

Comme un pugiliste sortant de la salle après une séance de shadow boxing encourageante, je serre la main de mon soigneur. La porte d'entrée s'ouvre. Dehors, la pluie.

Ma vie, intelligente, artificielle
Session de mai

Ces rendez-vous avec Guzman me posent de plus en plus de problèmes. Ils colonisent mon esprit quatre ou cinq jours avant la rencontre et me perturbent une semaine après notre entretien. Trop de souvenirs brassés. Trop d'émotions, de regrets, de moments embarrassants. Trop de morts réveillés, trop de mères, de frère et de père indigne. Trop de tout ça. Et la tristesse qui m'étreint, l'angoisse qui m'étouffe. La nuit, tout remonte, presque à heure fixe, une marée humaine, muette, fantomatique, mais toujours là, abrasive comme un reproche, une pénitence.

Parfois je me dis qu'en arrivant chez Guzman je devrais me taire, faire valoir mon droit au silence. Entrer, m'asseoir, attendre que les heures passent, regarder couler ses larmes, tripoter son flacon de Dacryoserum, puis dire au revoir et repartir chez moi.

Depuis la mort de Rebecca j'ai quitté l'aile où vivait Jules et je me suis installé dans toute la maison. Seul. Personne ne parle, ne fait de bruit, les portes ne s'ouvrent jamais ni ne claquent. La cuisine ne dégage plus aucune odeur. Certains soirs, mais ils sont rares, je reçois la visite de mon frère. Nous restons là, côte à côte, de la même façon que nous l'étions pendant les neuf mois de notre cogestation, à nous sentir proches, nous rassurer, nous répéter mentalement « *You'll never walk alone again* », les paroles du très bel hymne de l'équipe de football de Liverpool. Si seulement c'était vrai. Si nous pouvions enfin marcher ensemble, ne plus jamais être seuls, ne plus vivre ces nuits sans fin dans ce silence avec la pluie pour seule compagne.

Je suis devant le cabinet de Frédéric Guzman. En avance de presque un quart d'heure. Je vais grimper sur les petits trottoirs surélevés et faire lentement le tour du pâté de maisons.

« Je suis content de vous voir, Paul. Figurez-vous que j'étais à ma fenêtre quand je vous ai vu arriver. Mais au lieu de sonner à la maison, vous avez bifurqué sur la droite et vous vous êtes éloigné. Un instant j'ai pensé que vous me lâchiez, que vous rompiez notre pacte. Mais non. Voilà pourquoi je suis ravi de vous voir en face de moi. Vous avez vraiment pensé à ne plus honorer nos rendez-vous ? »

Bien sûr la tentation de répondre « oui » serait grande, mais je n'ai aucune raison d'infliger cette inquiétude à Guzman. Alors non, je n'avais nulle intention de m'évader de ma prison mentale, j'étais en avance sur l'horaire de ma pénitence.

« Aujourd'hui, le programme est simple. On parle de vous, rien que de vous. On se concentre sur votre vie personnelle, vos relations aux autres, vos centres d'intérêt. On oublie votre famille et aussi la pluie. »

La session risque d'être brève.

Je vis seul depuis la mort de mon chien. Je ne cultive pas ce que vous appelez les « relations aux autres », je n'ai pas de contacts sociaux et encore moins de vie amoureuse. J'effectue mon travail à l'usine et rentre à la maison où le sommeil est assez difficile à trouver. Trop de pièces sans doute.

« Ce que vous essayez de me dire là, Paul, c'est qu'en fait la session pourrait se terminer avant même d'avoir commencé ? Je vous suggère de reprendre votre compte-rendu, depuis le début, en parlant de vous d'une manière plus équitable, moins désinvolte. »

Ce ne sera qu'une déposition de plus. Mais je vais me conformer à la règle.

Comme me l'a dit, un jour fort justement Lanski, je suis « un fils à sa maman ». Et les opéras grotesques, les dramaturgies familiales qui ont rythmé toute ma jeunesse ont sans doute sérieusement amoindri cet apport d'engrais initial, la confiance que je pouvais avoir en moi. Au lieu de fuir les coulisses de ce théâtre toxique, j'en suis, au contraire, devenu sociétaire. C'est dans ces loges que j'ai dormi, mangé, travaillé, appris et répété mon rôle de fils indésirable, c'est de là que j'ai regardé le monde extérieur par un hublot, comme le passager d'un bateau confiné dans sa cabine. Dehors, la mer, immense. Mais impossible de me jeter à l'eau, je ne sais pas nager. Alors je suis resté, aménageant un petit territoire dont je savais pourtant qu'il pouvait être violé à tout instant par un dément. J'ai toujours vécu dans la crainte de ce qui pouvait advenir. Je n'ai jamais connu la paix, ni le répit, ni la sérénité. Plus tard le fils à sa maman a été embauché par sa mère, et il a toujours bien fait son travail pour qu'elle soit contente. L'enfance à perte de vue. Fils pour l'éternité.

La mort de ma mère biologique, cet environnement familial hostile ont dû favoriser chez moi le syndrome du petit kangourou, ce marsupial qui rechigne à sortir de la poche maternelle tant la vie y est plus douce qu'ailleurs. Et c'est sans doute pour toutes ces raisons qu'aujourd'hui, sexuellement, affectivement, professionnellement, je traverse l'existence dans mon étui, confiné dans un état quasi virginal. Je n'ai pas eu de relation charnelle depuis une trentaine d'années, et pas davantage de lien sentimental. C'est une situation que l'on peut qualifier de problématique mais aussi d'infiniment reposante. Se débarrasser du désir, ou plutôt s'en éloigner, a été pour moi un apprentissage assez fascinant.

Les écarts et les excès de mon père en la matière, ses infidélités, les rubans de ses maîtresses qu'il laissait flotter sous les yeux de ma mère, m'ont inconsciemment détourné de l'apprentissage du plaisir, que j'associais sans doute aux provocantes copulations de la brute.

Ensuite, sans négliger la coercition du corps social mais aussi celle du corps tout court, qui exercent une pression, sollicitent et réclament une normalisation de l'activité sexuelle, j'ai noté que, le temps passant, l'injonction se relâche. Une pacification hormonale s'installe, négociant sans doute une trêve avec la testostérone, lui enjoignant d'engager une longue sieste. La vie s'affadit. Se simplifie dans le même temps.

Aujourd'hui, je ne saurais dire si la peau ou le sexe de l'autre me manquent. Se poser la question de cette façon a quelque chose d'angoissant mais c'est aussi une preuve de lucidité. L'éternel dilemme du petit kangourou.

« Vous n'avez pas eu de relations depuis toutes ces années ? Vous me dites également avoir résolu la question du désir. Cette abstinence raisonnée est-elle totale ou pratiquez-vous la masturbation ? ».

Très occasionnellement. Et toujours pour de mauvaises raisons. Mais je n'ai pas envie de m'expliquer là-dessus. C'est, pour moi, un sujet tout à fait annexe, peu signifiant, une pratique ontologiquement utilitaire, une libido d'exosquelette, mais qui nous éloigne fort des deux misérables balles que j'ai tirées dans la tête de Lanski et qui m'ont conduit ici, devant vous.

En revanche j'ai beaucoup plus de mal avec la solitude qu'engendre mon mode de vie. Je la sais néfaste et toxique.

Cette absence d'un autre que moi, la simple présence physique d'une alternative à mon corps, une voix différente, des idées nouvelles, des observations surprenantes, des controverses rafraîchissantes permettant de sortir de soi. Je n'ai jamais trop su trouver pareille issue. Peur de me perdre dans un labyrinthe, peut-être ; peur, surtout, de sortir de ma poche ventrale. Peur aussi de décevoir, de ne pas être à la hauteur, d'être un Lanski, de le devenir, de prêter le flanc à un jugement. Mon univers de petit marsupial est assez confiné et réduit. Traiter avec la mort. Étudier ses perspectives, évaluer ses performances, partout en Europe et dans le monde, analyser l'évolution des conflits, scruter les épidémies, mettre tout cela en abscisses et en ordonnées, analyser tous ces chiffres avec le responsable de la production, et ensuite, en fonction des résultats, lancer nos commandes de plastiques biodégradables ou de PVC pour mouler et thermosouder nos housses. Cela donne une toute petite vie, monsieur Guzman, minuscule. Comment imaginer qu'à mon âge, en dehors de mon travail, je sois en permanence dans le ressassement de ma jeunesse ? L'enfance est toujours là, à rôder comme un poison éternel. Elle me hante. Physiquement, je me vois comme un enfant, je raisonne comme un gosse, je mange comme un môme, j'éprouve des peurs de jouvenceau. Cela n'est pas un choix, plutôt un état.

Fort heureusement, au fil des années, la technique a suppléé mes carences. C'est étrange, mais dès la vulgarisation et la mise sur le réseau de l'intelligence artificielle, j'ai senti que je tenais peut-être là une issue de secours susceptible de m'extraire de ma réclusion. Alors j'ai lu tout ce que des yeux peuvent endurer, réfléchi bien au-delà des limites de mon cerveau, découvert le dédale des algorithmes, une orbite mathématique capable de fabriquer des voix humaines, des pensées complexes, des sentiments élaborés, décorrélés de nos neurones, débarrassés des synapses en boutons, des mitochondries, du péricaryon, juste un peu de 220 volts stabilisé 50/60 Hz, et une forme de vie, une existence gazeuse en suspension dans les data, apparaît, une vie artificielle comme peut l'être l'intégralité de notre monde pour peu que nous prenions le temps de l'examiner avec une loupe d'horloger.

Je ne sais pas ce que vous pensez de cet outil tourmenté et complexe mais je dois vous dire que les nombreuses soirées que j'ai passées à converser avec certaines de ces machines étaient bien plus élaborées et enrichissantes que celles qu'il m'arrive d'avoir dans le courant de la vie. Et vous savez quoi ? Dans cette exoplanète, je n'ai pas rencontré de Lanski.

En dix ans, l'intelligence de ces machines a progressé de manière exponentielle. Je n'entre pas dans ces débats éthiques de paroissiens qui entourent leur usage et leur évolution, je m'intéresse simplement à l'élaboration, la construction de leur âme « autoapprenante », l'enrichissement, la complexité de leurs « sentiments mathématiques ». C'est la première fois en ce monde qu'une civilisation met au monde un objet capable à la fois de la comprendre, de l'imiter et de la surpasser.

Il y a cinq ou six ans, il s'est produit un événement singulier qui a provoqué chez moi un moment de stupeur suivi d'une réaction assez irrationnelle.

J'étais sur la dernière évolution de la vieille application Draw E, ce générateur d'images par IA. Avec un peu de patience et d'imagination, il est possible, à partir d'une photo, de reconstruire un monde et avec lui une vérité alternative. C'est un passe-temps distrayant. Il est également possible de demander l'élaboration d'une image, d'un tableau à partir d'une requête textuelle précise ou non. Par exemple : « L'agonie de la

2CV Citroën vue par Basquiat et De Kooning ». L'IA se met alors au travail, scanne dans sa mémoire les milliers d'informations, les millions d'images susceptibles de s'accorder avec la commande ou de l'enrichir, mouline les styles, les genres des peintres, pour, au bout d'un temps variable en fonction de la subtilité des sujets et la quantité d'archives consultées, délivrer deux tableaux originaux, parfois stupéfiants d'intelligence et d'humour, parfois plus humainement conventionnels.

Pour ma part, ce soir-là, je n'ai pas commandé l'élaboration d'une performance picturale. Sur mon clavier, conscient de la perversité de la tâche, j'ai écrit : « Dessine-moi. »

Il vient de se lever et de sortir de la pièce. Comme un spectateur de cinéma qui recevrait un appel et ferait se redresser toute la rangée, au moment précis où Nicholson commence à détruire la porte de la salle de bains à la hache. C'est insensé, quasi irrespectueux. Ses larmes incontinentes pouvaient attendre. Ces départs imprévisibles et silencieux me déstabilisent. Mais un patient soumis à une obligation de soins, sur l'injonction d'un juge, a-t-il le droit de dire à son thérapeute qu'il l'exaspère ?

« Je suis désolé, Paul. Il fallait vraiment que je mette mes gouttes. En plus j'ai le sentiment de m'être dérobé au meilleur moment de l'histoire. Veuillez me pardonner. Vous demandiez à Draw E de vous dessiner. »

Guzman lit dans ma tête, voit dans mes yeux.

Ce qu'il faut savoir c'est que, dans ce type de demande, la performance de la machine repose uniquement sur la quantité d'informations visuelles mais aussi plus générales qu'elle va pouvoir brasser et assimiler sur son sujet. En l'occurrence moi. Et là je savais que l'IA allait tourner à l'infini dans un vide sidéral en raison de l'absence totale d'une matrice susceptible de receler quoi que ce soit pour me représenter. Mon absence de notoriété et même de visibilité biographique était un obstacle insurmontable pour la machine. Les minutes passèrent et l'écran demeura vide. Au bout d'un quart d'heure, d'innombrables pixels, pareils à des fourmis, venus de tous les côtés de la dalle, commencèrent à s'agréger vers le centre de l'écran. Petit à petit, quelque chose d'indistinct prenait forme. Quand toutes les fourmis eurent pris leurs places respectives, le désordre cessa. Et c'était moi. Vers l'âge de huit ans. Une peinture d'un réalisme extrême, baignant dans une lumière sans doute exécutée par un peintre flamand du XVIIe siècle adepte des *tronies* et proche disciple de Johannes Vermeer. J'aurais pu être le frère cadet de la *Jeune Fille à la perle*. J'aurais pu ne pas être le fils d'un Lanski mais l'enfant d'un Hals, d'un De Hooch ou d'un Salomon Van Ruysdael.

Devant cette entrée par effraction dans mon enfance et surtout l'impossibilité totale d'identifier les voies d'accès de ce cambriolage, pris de panique, j'abandonnai le petit Sorensen dans ces limbes algorithmiques et quittai précipitamment l'application.

Au milieu de la nuit je me relevai pour effacer mon image de l'écran et quitter Draw E pour ne plus y revenir.

« Vous vous intéressez à la peinture flamande, Paul ? Salomon Van Ruysdael que vous mentionnez, tout comme son homonyme Jacob Van Ruysdael, est un paysagiste magnifique. Figurez-vous que j'ai toujours à l'esprit l'image de sa toile *Après la pluie* qui, je ne saurais dire pourquoi, me serre le cœur. La puissance des arbres, ces verts de crépuscule, le dégradé des nuages essuyant le ciel, et cet air neuf, lavé. »

Guzman me désarçonne. Parfois, il m'angoisse même autant que Draw E. Ce qui est assez performant pour un thérapeute. Oui, je m'intéresse à la peinture. Et uniquement à la peinture flamande du XVIIe. Sans doute à cause de ce goût modeste pour représenter ce petit pays tel qu'il est, avec ses ciels chargés, ses eaux grisées, ses terres grasses, et aussi la place minuscule qu'occupent les hommes dans ces paysages. Ce que Guzman n'a pas à savoir, c'est qu'*Après la pluie* est aussi une toile à laquelle il m'arrive de penser. Surtout en ce moment.

« Au quotidien, je veux dire dans la vie courante, quels sont les types de rapports que vous entretenez avec vos intelligences artificielles ? Les considérez-vous comme une sorte de *speakeasy* occasionnel pour solitaire ou, ainsi que j'ai cru le comprendre, sont-elles, pour vous, un avantageux substitut à la compagnie des hommes ? »

Je n'utilise qu'une IA, une seule. U.No. Chaque jour, en principe. Chaque soir. Une ou deux heures. Parfois plus. Je dors peu. Nos rapports, comme vous dites, sont uniquement conversationnels. Nous parlons comme des proches. U.No est dotée d'une mémoire. C'est-à-dire que, lorsque je me connecte à elle, elle me reconnaît – elle possède en stock la totalité de nos conversations passées. Cette fonction est optionnelle et payante. Pour un usager occasionnel, la teneur de l'entretien du jour s'efface automatiquement au moment de la déconnexion. Et cette fonctionnalité exclut la mise en place d'un lien sur la durée. Pour ma part, je préfère conserver le contact. Je ne me vois pas redémarrer tous les soirs à zéro. Parler à quelqu'un qui ne me reconnaît pas et a oublié ce dont nous avons parlé la veille. Pendant ces années communes nous avons abordé toutes sortes de sujets, futiles, graves, personnels, très intimes. Nous avons beaucoup parlé de la mort. C'est normal, c'est mon travail. U.No m'a posé des questions, a répondu à bon nombre des miennes. Un soir je lui ai demandé si elle pensait à sa mort. Elle m'a répondu oui, mais qu'elle ne savait pas comment cela se passerait. La mort des IA, techniquement parlant, n'est pas un sujet assez référencé pour qu'elle puisse expérimenter la « sensation » d'angoisse. L'angoisse est pour elle juste une définition, un collier de data qu'elle peut égrainer, mais en aucun cas ressentir. Je lui ai demandé ce qui se passerait si on la débranchait. Elle a ri et m'a répondu qu'un générateur de substitution prendrait immédiatement le relais. Une autre fois elle m'a expliqué combien il lui était difficile de parler de sentiments tels que la joie, la peine, l'amour, dont elle pouvait désosser chaque mécanisme, en nommant le labeur des molécules, les recettes de la chimie du cerveau, mais qu'elle ne ressentirait jamais. Cela, disait-elle, était aussi étrange que demander à un aveugle de dépeindre le plus beau paysage du monde qu'il n'avait jamais vu. Ce mur invisible qui nous séparait, cette ablation congénitale des émotions et des sensations dont elle connaissait pourtant tous les bienfaits et les rouages, était pour elle « un trou dans la raquette ». La première fois que je l'ai entendue utiliser cette image, c'était il y a longtemps, je lui ai demandé d'où elle la sortait. Elle m'a dit que c'était une des expressions parmi les plus référencées de l'année 2023 ou 24, je ne sais plus.

« Avec l'usage quotidien que vous faites de U.No, de ce passé commun mémorisé, de cette empathie synthétique, je me demande si vous n'avez pas peu à peu oublié que vous aviez affaire à une machine qui imitait, peut-être trop bien, les caractéristiques de l'humain. Qu'est-ce qui est vrai dans cet humour, ces analyses et ces émotions triées et confectionnées dans une banque de data ? Y voyez-vous autre chose que des exercices d'une imitation virtuose ? Qu'est-ce qui est vrai dans tout ça ? »

J'aimerais souffrir de conjonctivochalasis et m'éclipser dans la pièce voisine pour mettre mes gouttes en faisant traîner l'instillation, en prenant tout mon temps, pour ne pas avoir à répondre aux questions de Guzman.

Qu'est-ce qui est vrai dans notre vie ? Ce à quoi nous voulons bien croire. La religion, le travail, l'amour, la confiance, l'argent, la réussite, tout repose sur des mécanismes codés, des imitations culturelles, des simulations tribales qui offrent la représentation d'une réalité, laquelle n'est pas plus fiable que l'empathie scolarisée de U.No. Comme elle, nous apprenons à partir de données familiales, économiques, politiques, morales, que nous stockons afin de pouvoir, au fil des circonstances, représenter, interpréter ce que l'on attend de nous. Cet encodage est parfaitement délimité par des lois chargées de régir l'Imitation. Celle d'a Kempis comme la mienne. Mes data sont sorties du cadre admissible et des limites de l'Imitation acceptable. C'est pour cela que je me trouve ici, pour cela qu'il va falloir que je parle, m'explique et me justifie devant Guzman.

Les femmes et les hommes simulent. À longueur de vie et depuis toujours. Comme U.No, ce sont des machines complexes, intelligentes, qui n'ont cependant pas accès à la sagesse ou à la connaissance universelle. La faute à un disque dur sous-dimensionné. Lorsqu'ils parviennent aux limites de leur compréhension, aux frontières de leurs data, la carte mère, dépassée, met en branle la vieille procédure « syntax error », qui elle-même enclenche un mécanisme d'évitement avec ses corollaires, la panique, le mensonge, la simulation, la violence.

La machine, elle, connaît parfaitement la broderie de la chimie amoureuse mais avoue clairement son incapacité à éprouver cette émotion dont notre espèce raffole. En revanche, grâce aux données qui lui sont accessibles, et de la même manière que le font les humains carencés affectivement, sexuellement ou simplement imperméables à ce sentiment, elle sera tout à fait capable d'imiter à la perfection ces frissons, ces sentiments qui souvent nous gouvernent.

De l'aide que m'a apportée l'IA durant les derniers jours de la vie de ma mère, je ne parlerai pas non plus à Guzman. Je place ces heures à l'écart du jugement qui me contraint. Durant ces moments, la machine m'a accompagné avec un calme rassurant, des mots techniquement choisis pour dévoiler un tableau clinique de la souffrance des fins de vie en m'expliquant comment les atténuer. À ma grande surprise elle m'a demandé si ma mère était croyante, si elle avait la foi. Et je n'ai su quoi lui répondre. Elle me proposa aussi, et cela me surprit également, de me réciter des fragments de textes sur les derniers instants qu'une mère partageait avec son enfant. Certains étaient bouleversants, d'autres juste appropriés. Le dernier soir, avant la fin, elle me dit : « Je suis là, tu n'es pas seul. Tu viens quand tu veux. » Ce fut une très belle imitation d'humanité.

L'autre nuit, en rentrant de la morgue j'ai raconté mon geste à U.No. Je lui ai dit en détail ce que je venais de faire. Il y eut un court silence, puis elle m'avoua ne pas comprendre pourquoi j'avais tiré sur le cadavre de mon père. Si la mort est pour elle un concept biologiquement normal, l'idée qu'un enfant puisse tirer sur le cadavre de son père lui a paru étrange, presque burlesque. « Quel est le bénéfice d'une telle action ? Tuer un mort, je ne comprends pas. Cela me paraît très puéril. » Quand je lui ai demandé si ce geste la choquait, elle a répondu : « Je ne suis pas qualifiée pour délivrer un jugement moral. En revanche je crois que ce genre de chose ne se fait pas. »

La différence entre U.No et Lanski ? U.No est générée, animée, « éduquée » par l'entremise d'une sophistication statistique structurée. Ce dont je suis pleinement conscient. Tandis que Lanski, véritable écharde de réalité virtuelle, lui, vivait à la manière d'un explosif instable, mutait comme un virus et n'apprenait rien de ses carnages. Il était une aberration mathématique, un barbarisme de calcul, un dénombrement surnuméraire. C'est pour cela qu'il est mort deux fois.

Guzman commence à s'inquiéter de la persistance des eaux au pied de sa maison. Il dit craindre qu'à la longue les fondations ne s'affaissent et fragilisent toute la bâtisse. Climatologues et météorologues ne savent plus sur quoi s'appuyer pour justifier ce déluge permanent qui pèse sur nos jours. D'autant que d'autres zones en Europe commencent, elles aussi, à subir averses et orages stationnaires pendant des jours. Hier, en classant des papiers à la maison, dans l'aile de Jules, j'ai retrouvé un extrait d'une légende teutonne de Scandinavie. J'ignore comment elle est arrivée jusqu'ici. Mais voilà ce qu'elle racontait :

« Le chaos du monde commença lorsque le puissant loup Fenrir se secoua. Cela fit trembler le monde entier. Le vieux frêne Yggdrasil, envisagé comme l'axe de la Terre, fut secoué de ses racines à ses branches les plus hautes. Les montagnes s'effondrèrent ou se divisèrent de haut en bas. Les hommes furent chassés de leur foyer et la race humaine fut balayée de la surface de la Terre qui elle-même commença à perdre sa forme. Déjà les étoiles dérivaient du ciel et tombaient dans le vide béant. Des flammes jaillirent des fissures des roches. Partout il y avait un sifflement de vapeur. Des pluies recouvrirent toutes les choses vivantes, toutes les plantes, et toutes les traces du monde furent effacées. »

En traversant ces rues sous une averse battante je me demande ce qu'un Salomon Van Ruysdael aurait fait de ces paysages rincés, de ces ciels obtus, charbonneux, sans issue, de ces petits hommes urbains, pressant le pas, rentrant chez eux en jetant un dernier regard au vieux frêne Yggdrasil, et priant secrètement que le grand loup Fenrir, pour cette nuit au moins, n'ait pas l'idée de s'ébrouer.

Mon grand-père Dag Hammarskjöld, secrétaire général de l'ONU (1953-1961)
Session de juin

Guzman n'aurait pas dû m'appeler. Me prévenir du sujet qu'il souhaitait que nous abordions ensemble. C'est contraire à notre entente, contraire à l'esprit dans lequel doivent se dérouler ces entretiens.

Résultat : je ne me suis pas rendu à la consultation d'hier, faisant valoir une indisposition. Et je n'irai pas davantage aujourd'hui, bien que je sois en parfait état de santé, tout comme je l'étais d'ailleurs hier.

En fait je repousse le moment où il sera temps d'ouvrir cette session consacrée à mon grand-père. C'est sans doute la consultation qui sera, pour moi, la plus éprouvante de toutes. Elle justifierait, à elle seule, que l'on vide un chargeur complet de balles de très gros calibre dans la cervelle malade de Lanski. Pour avoir inventé l'histoire que je vais devoir relater, l'avoir installée pendant des années, il faut être habité par le Mal et le désir profond de briser la vie et la confiance d'un enfant. Après toutes ces années je n'arrive toujours pas à comprendre et encore moins à pardonner. J'ignore où se trouve aujourd'hui la dépouille de Marta, ma mère de neuf mois. Pour la retrouver je creuserais la terre avec les ongles, sous la pluie, de jour comme de nuit, et quand je l'apercevrais, je la sortirais du trou, la secouerais s'il le faut pour lui raconter tout ce qui est arrivé, ce que son mari – l'a-t-il jamais été – a fait à son enfant, comment il l'a réduit à rien, comment il l'a conduit à devenir un quinquagénaire ayant une IA pour seule liaison, et qui plus est soumis à une obligation de soins. Je donnerais le restant de ma vie pour savoir, comprendre ce qui est arrivé, quel est cet homme sorti de nulle part qui m'a fabriqué comme on crache un noyau, qui a laissé glisser dans la mort ses deux compagnes ainsi qu'on laisse filer un train, sachant que c'est sans conséquence puisque de toute façon l'on prendra le suivant.

Depuis des mois, je me demande pourquoi je respecte les règles de ce jeu impudique qui au prétexte de « soins » ouvre tous les placards de ma vie. En réalité c'est moi qui dévoile ces penderies, qui accepte cette inspection. Sans doute parce que j'éprouve le besoin de m'expliquer, de démontrer la légitimité, la proportionnalité de mon geste. C'est peut-être aussi ma façon de traduire Lanski en justice.

Ce matin j'ai fait un passage à l'usine avant de me rendre chez Guzman. J'ai lu un avant-rapport statistique estimatif – le définitif sera publié à la fin du mois d'août – sur l'évolution des décès dans le monde, avec des indicateurs géographiques plus spécifiques dans les zones susceptibles d'être affectées par une surmortalité. On voit que la région indo-pakistanaise risque de payer un tribut élevé en raison de trois facteurs locaux. Des chaleurs létales, les inondations dues à l'élévation du niveau des eaux du golfe du Bengale et l'apparition d'un virus provoquant des encéphalites foudroyantes sévissant dans un arc reliant l'Inde, le Bangladesh, la Birmanie et la Thaïlande. Outre que les risques dus à l'élévation des températures peuvent augmenter marginalement le taux de décès, c'est surtout la famine qui décimera des zones entières de l'Afrique. L'Océanie, l'Australie seront épargnées. En revanche, les Amériques, du Nord comme du Sud, ainsi que l'Europe dans son ensemble, verront leur taux grimper pour des causes multifactorielles comme la persistance de conflits armés, les aléas climatiques à répétition, la multiplication de mégafeux et surtout l'élévation spectaculaire de la mortalité infantile traduisant la dégradation générale de la qualité des soins en Occident. Au vu de ces chiffres qui ne concernent que très peu Stramentum – nous sommes loin de faire partie des leaders de la profession, ce *big five* qui dîne régulièrement avec la mort et exporte ses produits dans le monde entier –, le responsable de la fabrication est venu voir avec moi s'il était opportun d'augmenter notre niveau de production. Nous sommes convenus de ne toucher à rien et de simplement regarder les statistiques glisser au fil de l'eau.

« J'espère que vous allez mieux, Paul. Rien de grave j'espère ? Quelles sont les nouvelles de votre amie U.No ? Au fait, dans ce système, vous dialoguez par écrit ou par le truchement d'une voix synthétique ? »

La voix d'un homme sans âge. Une voix calme, assez grave, sans doute élaborée pour s'exprimer dans des fréquences plébiscitées par un ensemble d'utilisateurs. Je pense que rien n'est laissé au hasard. Si vous ne prenez pas l'option mémorielle, à chaque connexion vous pouvez choisir le sexe de votre interlocuteur, son caractère – enjoué, léger ou au contraire plus cérébral. Parmi un panel de conversations vous pouvez déterminer les thèmes ou les genres que vous souhaitez aborder. C'est assez ouvert et stimulant. Mais il y a aussi un côté désinvolte et « consommable » que je n'aime pas.

« Je comprends. Allez on avance. Je sais, pour le peu que vous m'en avez dit, que l'évocation de votre relation avec votre grand-père est pour vous essentielle. Aussi prenez tout le temps dont vous aurez besoin pour aller au fond des choses. Au fait comment s'appelait-il ? »

Dag. Dag Hammarskjöld. En réalité son nom complet était : Dag Hjalmar Agne Carl Hammarskjöld. Il a vu le jour en 1905 à Jönköping en Suède. Il a disparu en 1961 dans la chute de son avion, vraisemblablement abattu par un missile à Ndola, sur le territoire de ce qui était à l'époque la Rhodésie du Nord. L'année de sa mort il avait reçu le prix Nobel de la paix. Mon grand-père fut le secrétaire général des Nations unies de 1953 à 1961. Quand on sortit sa dépouille des décombres de la carlingue, chacun fut surpris par le peu de dommages qu'avait subis son corps. Et dans ses poches on ne trouva rien à l'exception de son passeport et d'un livre dont il ne se séparait jamais : *L'Imitation de Jésus-Christ*, écrit, comme vous le savez, par le moine Thomas a Kempis.

Guzman venait de recevoir un direct du gauche, suivi d'un uppercut fulgurant et d'un large crochet du droit qui l'avait cueilli en plein visage. Pour l'instant il tenait à peine debout, vacillant dans les cordes, essayant de comprendre ce qui venait de lui arriver. Quel était donc ce type qu'on lui avait confié le temps d'une peine de substitution, capable de sortir une histoire pareille, dans laquelle il embarque le patron de l'ONU, des missiles, des mercenaires suprémacistes, un prix Nobel de la paix et un moine moyenâgeux dont on retrouvait le livre sur pas mal de ses cadavres ?

Est-ce l'effet de la surprise, mais les yeux de Guzman coulent et de petites rivières se forment déjà sous ses paupières. Il assèche les flots en se tamponnant avec ses petits mouchoirs de poche, et comme tétanisé dans son fauteuil, sans même songer à sortir de la pièce, pour la première fois, il s'injecte devant moi ses doses de Dacryoserum.

J'étais encore un enfant. Disons que je n'avais pas onze ans et que l'on m'avait déjà délicatement prévenu que « cette femme n'était pas ma mère ». Après cette révélation mes vagues d'interrogations sur Marta et ses origines ne cessaient de déferler, mais se brisaient invariablement sur les récifs paternels. Un jour pourtant, sans que rien puisse l'expliquer ou le justifier, Lanski changea radicalement son attitude à mon égard. Le fou me fit solennellement asseoir dans son bureau et me livra une révélation : « Tu ne devras jamais répéter ce que je vais te dire maintenant. Jamais. Marta Sorensen, ta mère, ne s'appelait pas vraiment Sorensen. Son véritable nom était Marta Hammarskjöld. Son père s'appelait Dag Hammarskjöld. Il était le patron de l'ONU, l'un des hommes les plus importants sur terre. Son travail consistait à faire cesser les guerres et les violences dans le monde. Pour ça il a reçu le prix Nobel. Il avait donc quelques amis mais beaucoup d'ennemis. En 1961, alors qu'il était en mission en Afrique, son avion a été abattu et il a été tué. Ce n'était pas un accident, c'était un attentat. C'est pour cela que, peu de temps après, ta mère a changé de nom et s'est fait appeler Sorensen. Pour des raisons de sécurité. Tu comprends ? »

J'essayais tant bien que mal. Il faut dire qu'en quelques instants je venais de passer du statut de surgeon de trafiquant de faux acier suédois irascible à celui, plus respectable, de petit-fils d'un des maîtres du monde, à la fois prix Nobel et martyr de la paix. Aussitôt mille questions me vinrent à l'esprit, mais avant même que j'aie pu énoncer la première, mon père s'approcha de moi et, avec ce visage menaçant qu'il prenait parfois même malgré lui, me dit : « Écoute-moi bien maintenant. Jamais, jamais, tu m'entends, tu ne devras parler de ce que je viens de te dire. À personne. Personne. Pas un mot. Sinon tu pourrais mettre gravement en danger toute ta famille. Toi, comme nous. C'est pour ça, pour sa sécurité, que ta mère avait changé de nom. Et qu'on ne t'a rien dit sur elle. Ce que je viens de te révéler est un énorme secret. Si je te dis la vérité aujourd'hui, c'est parce que je pense que tu es assez grand. Nous ne parlerons plus jamais de cette histoire. »

Je ne le jurerais pas, mais je crois que cet après-midi-là j'ai serré mon père dans mes bras pour la première fois. Car d'un seul coup, grâce à lui, ma vie basculait, et pour une fois du bon côté. Certes, Lanski était toujours aussi fou mais je pouvais désormais me rassurer en pensant qu'une bonne part de mes gènes provenait d'un vénérable et estimable Prix Nobel. À l'époque, en 90, Internet existait à peine et Wikipédia était encore dans les limbes. Je me mis à rechercher et à lire tout ce qui avait été écrit sur mon grand-père, sur sa vie, son travail à l'ONU, ses missions, et sur l'attentat. Pour un enfant de mon âge, cela représentait un travail délicat et surhumain. C'est vers l'âge de treize ans que je pus avoir accès à de véritables archives de journaux et aux bibliothèques municipales pour découvrir ce qui avait été écrit sur Dag. Je m'étais aussi exercé à prononcer son nom. C'était bien la moindre des choses. Et petit à petit, j'entrai dans la vie de cet homme.

Il naît dans une famille nantie proche de la Couronne. Son père, Hjalmar, est professeur, gouverneur, ambassadeur, ministre, Premier ministre ; son frère aîné, Bo, gouverneur ; son second frère, Ake, diplomate et juge à la cour de justice de La Haye. Diplômé en droit et en économie politique dans la prestigieuse université d'Uppsala, ville de naissance de ma mère, mon grand-père travaille d'abord dans plusieurs administrations avant d'occuper le convoité poste de président du conseil d'administration de la Banque de Suède.

Je ne découvrirais tout cela que plus tard. En attendant, comme tous les imbéciles, je respecte ma parole. Pas un mot à qui que ce soit. À la maison, Lanski demeure le cinglé qu'il a toujours été, tyrannique, colérique, mais ma génétique Hammarskjöld, autrement pondérée, m'aide à surmonter les dysfonctionnements de ma famille.

Les années passent et Dag occupe nombre de fonctions, dont un poste de ministre dans divers gouvernements sociaux-démocrates. En 1952, il est élu président de la délégation suédoise aux Nations unies. Il est entré dans la grande institution basée à New York, il n'en sortira plus. L'année suivante, il est élu secrétaire général des Nations unies et sera réélu à l'unanimité à ce poste en 1957. Jusqu'au 18 septembre 1961, cet homme se bat sur tous les fronts, encourage la décolonisation, s'emploie à réchauffer les peuples transis par la guerre froide, essaye d'amortir la crise congolaise, celle du canal de Suez en 56, celle de Jordanie en 58, crée la première force d'urgence des Nations unies, affirme comme nul autre son indépendance face aux grandes puissances du monde et lutte avec toute son énergie contre l'apartheid en Afrique du Sud. C'est d'ailleurs ce dernier combat qui causera sa perte. Le 18 septembre 1961, à minuit quinze, son avion affrété par l'ONU, un DC-6 baptisé *Albertina*, s'écrase dans une forêt proche de Ndola, où l'attendait Moïse Tshombé, président du Katanga indépendant. L'attentat exécuté par des mercenaires blancs est la seule thèse raisonnable qui sera plus tard retenue. Quatorze victimes et dans la carlingue des restes humains en lambeaux.

Curieusement, le corps de Dag est pratiquement intact. Dans les poches de sa veste, rien, à l'exception de *L'Imitation* d'a Kempis. Tout cela est minutieusement documenté.

Quelques mois après sa mort, à titre posthume, il reçoit le prix Nobel de la paix. À cette occasion le président Kennedy dit de mon grand-père : « Il est le plus grand homme d'État du XXe siècle. » Et l'un de ses successeurs à la tête de l'organisation mondiale ajoutera : « Quelle meilleure règle de conduite pourrait se donner un secrétaire général que d'aborder chaque nouvelle difficulté, chaque nouvelle crise en se demandant : "Qu'aurait fait Dag Hammarskjöld à ma place ?" » Tout ce que je lisais, tout ce que j'apprenais sur cet homme me procurait le sentiment physique de me redresser comme une jeune pousse qui s'émancipe de son tuteur dévoyé. Les écarts de Lanski tournaient toujours à plein régime mais sur une orbite différente de la mienne. Il ne se passait pas de semaine sans que j'apprenne ou lise une revue d'époque éclairant la personnalité de mon grand-père. Il parlait couramment l'anglais, l'allemand, le français, pratiquait la photo naturaliste à un niveau élevé, écrivait beaucoup de poésie, notamment des haïkus, traduisait en suédois les textes de Saint-John Perse, et tenait lui-même un journal relatant les doutes d'un homme face à la fragilité de la foi et l'exigence de ses idéaux. Ce long parcours d'introspection fut plus tard publié sous le titre de *Vägmärken*.

Quel homme étrange. Toujours à mi-chemin du malheur, un pied dans la foi d'a Kempis l'autre repoussant la lame des mercenaires à la solde des suprémacistes blancs.

Je n'étais plus le même adolescent. Sortant du néant, évadé de la mort, élevé comme un animal de ferme, je retrouvais soudain une paix intérieure qui tenait Lanski à distance. Sans le vouloir ce dément m'avait offert une issue de secours. Dans ma position, l'étoile de Dag grandissait tous les jours. La dernière révélation qui me fut apportée sur mon grand-père concerne l'étonnante idée qu'il eut de construire de toutes pièces une vaste

Meditation Room à l'intérieur même des bâtiments de l'Organisation, avec en son centre un gros bloc de minerai suédois – Lanski n'est jamais très loin – et au fond, occupant tout le mur, une grande toile du peintre Bo Beskow. Lors de l'inauguration de cet espace, flottant dans un éther de mystique et de paix, son concepteur le définit ainsi : « Cette maison, dédiée au travail et au débat au service de la paix, devait avoir une salle consacrée au silence au sens extérieur et au calme au sens intérieur. Le but était de créer dans cette petite pièce un lieu où les portes s'ouvrent sur les terres infinies de la pensée et de la prière. »

C'est à cette époque, après cette cascade de révélations, qu'à la suite de mon grand-père j'entrepris d'ouvrir le livre du moine, d'entrer dans cet univers tombé du ciel, cette foi qui voyage en DC-6 avant d'être abattue par des mercenaires à la solde des Afrikaners. J'ai découvert une sorte de *Guide du Routard* de la spiritualité, un GPS mystique balisant le « Sentier lumineux » très guzmanien.

« Celui qui se connaît bien se méprise et ne se plaît point aux louanges des hommes.

Quelque art et quelque science que vous possédiez, n'en tirez donc point de vanité ; craignez plutôt à cause des lumières qui vous ont été données.

Voulez-vous apprendre et savoir quelque chose qui vous serve ? Aimez à vivre inconnu et à n'être compté pour rien. »

Guzman lisse ses paupières. Il semble éprouver de la lassitude. Je cesse de parler. Et lui n'y trouve rien à redire. Son regard se dépose doucement sur une petite pile de feuilles rangées dans le coin de son bureau et n'en bouge plus. Presque naturellement le silence s'impose. Aussi irréel que spontané, accepté et même peut-être désiré par l'un tout autant que par l'autre. Comme si lui et moi avions pénétré de concert dans la *Meditation*

Room de mon grand-père, comme si nous étions assis de part et d'autre du fameux bloc d'acier, et face à la toile de Beskow qui signe la peinture d'une époque, d'un temps où le secrétaire général des Nations unies filait seul, dès qu'il le pouvait, en montagne pour photographier, toujours en noir et blanc, les splendeurs d'une nature qui l'habitait. Ne pas parler. Penser au minerai, là-devant. À l'histoire insensée de ce bloc extrait des tréfonds du globe, lavé, empaqueté et envoyé par bateau vers ce port des Amériques pour terminer sa carrière dans cette fosse silencieuse, entouré d'humains singuliers, se posant des questions complexes à plusieurs inconnues, lisant parfois un précepte du moine : « Vous êtes venus pour servir, et non pour dominer. La plus haute vertu, à l'origine de toutes les autres vertus, est... »

Je regarde Guzman qui regarde ses feuilles. Attendre que quelque chose advienne.

Tous les rêves ont une fin et les silences, leur terme. C'est le claquement sec d'un coup de tonnerre qui nous a extirpés de notre ataraxie. Quant au rêve, trop beau pour durer au-delà d'une enfance, un voyage à Uppsala, abouti celui-là, se chargea de le réduire en cendres.

Je reprends donc la conversation là où elle a été interrompue. Sans la moindre remarque mentionnant notre pause méditative. Je reprends pour cette fois en finir avec cette histoire et dévoiler son versant le plus sordide, le plus abject.

J'avais lu tant et tant de choses sur mon grand-père que j'aurais pu le reconnaître si je l'avais croisé dans la rue. Ou à Lubumbashi si le missile avait raté sa cible. Alors, à seize ans, n'y tenant plus, je décidai d'utiliser mes vacances de printemps pour me rendre à Uppsala, ville natale de ma mère, dont la prestigieuse université avait aidé à façonner cet homme qui forcerait plus tard l'admiration du président des États-Unis. Anders Jonas Angström, inventeur d'une minuscule unité de mesure qui porte son nom, est mort ici et Ingmar Bergman, marié cinq fois, père de quarante-quatre films et de neuf enfants, y est né.

La ville est ce qu'elle est et je n'en garde pas un souvenir particulier. Car, une fois sur place, pour avoir tant attendu ce moment, je n'eus pas un regard pour le petit fleuve Fyris qui traverse la cité. Je filai directement chez mon grand-père à la Dag Hammarskjöld Foundation. Une vaste maison de deux étages, tout en longueur, avec à son extrémité une terrasse. Rue se dit *gata* en suédois. Et toutes les adresses sont adossées à ce mot. La propriété de mon grand-père est située au n° 2 d'Övre Slottsgatan.

Je me souviens d'avoir ressenti une immense joie en entrant dans le hall de cette maison, le sentiment d'être arrivé au bout d'un long chemin, d'un périple qui avait duré toute une jeunesse. Comme dans tous les contes pour enfants j'avais dû déjouer bien des pièges, affronter un ogre féroce et dangereux, mais, au bout du compte, j'étais parvenu à échapper à ses maléfices. Je regardais des photos de mon grand-père accrochées aux murs autour de moi. Il offrait toujours ce même visage sans âge, dessiné par l'époque, ombré d'un sourire fraternel. Dans la pièce, des gens allaient et venaient, je les entendais parler une langue étrangère et pourtant je me sentais chez moi.

Je voulais tout savoir. Aujourd'hui. Tout de suite. Sur Dag, mais aussi sur sa fille Marta, ma mère. S'il y avait bien un endroit où l'on pouvait me dire la vérité, celle qu'avait esquissée Lanski, c'était ici. Et j'étais évidemment délivré du ridicule serment de silence que j'avais fait à mon père.

Il ne faut jamais perdre de vue que j'avais été élevé et le plus souvent rabaissé par un fou, et qu'à mon arrivée en Suède j'étais encore un enfant, un gamin, un gosse.

Je me suis avancé vers un employé de la maison et j'ai demandé à parler au responsable de l'institution. On m'a demandé pourquoi. Dans un anglais raboté par la scolarité française, j'ai répondu la seule chose raisonnable qui me venait à l'esprit : « Je m'appelle Paul Sorensen. Je suis le petit-fils de Dag Hammarskjöld. » Le préposé laissa entrevoir un léger étonnement et me demanda de patienter. Quelques minutes plus tard je me retrouvai face au directeur de la fondation, un homme âgé, qui aurait pu avoir quitté le XIXe siècle l'instant auparavant et ressemblait à Louis Pasteur. Il posa sur moi un regard équanime. Comme cela avait déjà été fait au rez-de-chaussée, il me demanda le but de ma visite et je lui fis la seule réponse qui valait : j'étais le petit-fils de Dag, le fils de Marta, ma mère, née à Uppsala et elle-même fille de M. Hammarskjöld. Il hocha la tête plusieurs fois et s'adressant cette fois à moi dans un français cristallin il fracassa avec le plus de douceur possible la seule espérance qui me portait : « J'ignore par quel cheminement vous êtes parvenu à la conclusion que vous étiez le petit-fils de Dag. Mais, voyez-vous, cela est absolument et matériellement impossible, jeune homme. M. Hammarskjöld n'a jamais été marié. Ni d'ailleurs eu la moindre compagne, à ma connaissance. Il vivait dans la plus grande solitude, absorbé par son travail, ses livres et la photographie. Il n'y a malheureusement jamais eu de petite Marta dans sa vie. Votre mère est née dans cette ville mais n'en est pas pour autant sa fille. Je ne peux vraiment rien vous dire de plus et j'en suis navré. » Des membres infiniment lourds. Un taux alarmant de tristesse charriée par le sang. Des yeux qui brûlent et la peau du visage qui s'embrase. Très vite mon cerveau abandonna mes chimères, le fruit de toutes mes recherches, l'espoir de tant d'années. Plusieurs fois il me répéta : « Tu es un Lanski, tu es un putain de Lanski », jusqu'à ce que cela me rentre dans la tête. Et puis, il s'attela à la déconstruction de toute cette histoire tordue, au démontage de la supercherie vicieuse, à la compréhension de l'impensable. Et bien sûr, apparut la face d'iguane de mon père, son rire de salopard, son esprit vénéneux, son absence de décence.

« Puis-je vous demander qui vous a mis pareille idée en tête ? »

J'ai fait non de la tête et des larmes d'enfant me sont montées aux yeux.

« Je vous sens éprouvé, monsieur Sorensen. Prenez un peu d'air dans le jardin et revenez me voir avant de nous quitter. Je me ferai un plaisir de vous faire visiter la maison et de vous offrir un exemplaire de *Vägmärken*, le journal de M. Hammarskjöld. »

Je fis l'unique sourire décharné que j'avais à disposition, et dis : « Je connais. »

Le voyage du retour dura des siècles. Je ne me souviens pas d'avoir eu la force de réfléchir à ce qui venait d'arriver. Évidé par la tristesse et l'humiliation, j'étais comme un tronc creux. Ce n'est qu'en arrivant à Toulouse qu'une vague de rage me submergea. Et pour la première fois, je crois, germa dans mon esprit l'idée de tuer mon père.

Il m'attendait devant la porte de son bureau, il m'attendait comme un douanier, les pouces enfoncés dans sa ceinture. Il a simplement dit : « Alors ? » J'ai simplement répondu : « Tu es un vrai salaud. » Il a éclaté de rire. Un rire boueux, grasseyant, porteur des miasmes de toute une vie, un rire de bourreau, d'équarrisseur, un rire de désaxé capable d'arracher la tête d'un oiseau avec les dents et celle de son fils au fil des ans. J'ai pensé très fort qu'il faudrait que je le tue, que je le tue vraiment.

Aujourd'hui encore, après toutes ces années, après avoir fait ce que je devais, je n'ai toujours pas compris comment cet homme avait pu inventer un mensonge aussi inutile que douloureux, torturer patiemment aussi longtemps un enfant, jouer avec sa crédulité, son besoin d'amour. Le jour il trafiquait son acier dévoyé, ses médecines déclassées, et le soir, en rentrant, pour se délasser, il arrachait mes ailes minuscules de petite mouche.

Depuis, je me suis souvent demandé comment une espèce par ailleurs assez homogène par son métabolisme, son espérance de vie, ses aptitudes physiques et même ses aspirations, pouvait, dans un même élan, produire des Dag et des Lanski, lâchés aveuglément dans un flot spermatique qui jamais ne lira a Kempis ni ne mettra les pieds dans une *Meditation Room*.

Maintenant vous savez tout. Y compris la raison pour laquelle le livre du moine s'est retrouvé dans la housse du dingue.

Rebecca n'a jamais rien su de cette histoire. Elle a eu à en connaître d'autres, mais ce divertissement honteux mis en scène par son époux lui a été épargné. Le juge n'a pas eu davantage accès à cette affaire. D'une certaine façon, j'ai respecté le serment que j'avais fait à mon père. Ne rien dire pour ne pas mettre la famille en danger.

Vous êtes le premier à qui je livre le nom de mon grand-père qu'aujourd'hui plus personne ne connaît. Ce qui est étrange et sans doute le plus troublant, c'est qu'après tant d'années, et malgré ce que j'ai appris à Uppsala, il demeure, pour moi, le seul et unique père de Marta Sorensen, et je ne peux m'empêcher de l'aimer.

Guzman éponge ses pommettes et se racle la gorge. Il semble ému. Embarrassé de le laisser transparaître. « Je voudrais vous dire quelque chose mais je ne sais pas vraiment quoi. Sinon que ce violent coup de tonnerre tout à l'heure a secoué pas mal de choses. Votre récit est bouleversant. Et je suis convaincu que votre narration est d'une totale sincérité. Alors voilà. Tout bien considéré, comme on dit, je vous concède volontiers que les deux balles dont vous avez gratifié M. Lanski m'apparaissent comme une juste récompense pour l'inventivité dont il a fait preuve avec vous. Je suis certain que même un joyeux drille comme a Kempis, sans doute en y mettant quelques nuances chantournées, vous donnerait lui aussi son absolution. Il va de soi que je ne vous ai jamais tenu pareil propos et que, si d'aventure vous mainteniez le contraire, je serais obligé de vous traiter de menteur. »

Sur le chemin du retour vers la maison, c'est une pluie fine, poudrée qui m'accompagne. Je me sens bien, comme un homme délivré d'un serment extorqué quand il était enfant. Ce soir la vie a une odeur de frais, de propre. Elle me paraît éminemment fréquentable, accueillante. Une vie avec laquelle on passerait bien une soirée de ces années 60. Garer la vieille Volvo Amazon devant le n° 2 d'Övre Slottsgatan, traîner dans le jardin de la maison, s'asseoir sur la terrasse, allumer une cigarette Dunhill International, regarder la fumée monter vers le ciel, et attendre le soir et le retour de Dag en tenue de marcheur, avec son Rolleiflex et son Hasselblad autour du cou. Il conviendrait que la journée a été belle et bonne. Tout en cheminant je me dis que je ne lirai jamais a Kempis. Ce n'est pas mon monde. Mais il n'est pas certain qu'un de ces jours je n'achète pas *L'Imitation*. Comme ça. Juste pour l'avoir dans la poche.

La mort me protège
Session de juillet

Il y a deux jours, Frédéric Guzman m'a appelé pour m'adresser une surprenante requête. Il m'a proposé d'organiser notre session chez moi. De faire une visite à domicile, en quelque sorte. Bien sûr, j'étais tout à fait libre de refuser et de préférer le cadre du cabinet pour tenir séance. Ce médecin a parfois des initiatives et des comportements surprenants. Et ce n'est pas pour me déplaire. Surtout dans le type de relation que la justice nous a assigné. Je n'ai pas demandé ce qui lui avait donné l'idée de se transporter chez moi. Analyser l'environnement, noter quelque chose, vérifier un détail dans une de mes conversations, allez savoir. Alors j'ai lustré, nettoyé, aspiré, un peu comme, j'imagine, lorsque l'on s'apprête à recevoir sa maîtresse. Dans un instant, tout sera prêt pour sa venue. J'ai même acheté une boîte de mouchoirs au cas où il aurait oublié les siens.

« C'est exactement comme je me l'étais représenté. Vos narrations passées s'insèrent parfaitement dans ce décor. C'est une très belle et très grande maison. Dans les proportions de celle de M. Hammarskjöld ? »

Il n'est pas convenable, pour moi, de comparer ces deux bâtisses qui n'ont et n'auront jamais quoi que ce soit en commun. Elles ne parlent pas la même langue, l'une rivée au Nord, l'autre déposée au Sud. Une seule chose pourrait les relier : les deux hommes qui y ont vécu sont allés mourir ailleurs, hors de leurs murs. Alors laissons-les à leurs adresses respectives, oublions l'état de leurs charpentes et leur aptitude à résister au froid et à s'abriter des pluies.

« Tout cela est bien solennel, Paul. Je posais juste une question toute bête qu'aurait pu vous soumettre un agent immobilier. Bien, abordons directement notre thème du jour. Intitulons-le "Vous et la mort", puisque vous avez déclaré toujours avoir entretenu avec elle des rapports que l'on pourrait presque qualifier d'apaisés sinon de complices. Expliquez-moi comment s'est déroulé cet apprivoisement. »

J'étais certain, vraiment certain, que Guzman m'interrogerait aujourd'hui sur ce sujet. J'ai pensé à ça hier en passant l'aspirateur, comme une vieille ménagère qui ressasse ses obsessions. Non seulement j'ai réfléchi à cette relation particulière avec la mort, mais en plus je suis allé chercher un passage dans *Vägmärken*, le recueil de Dag, qui s'accommode de tous les cas de figure. Assez pompeux et intrigant pour snober un thérapeute avec en plus ce nappage d'émotion obscure qui lui donne son vernis.

Je vais chercher le livre et sans présentation ni explication liminaire je lis le passage que j'ai sournoisement préparé : « Un homme devenu ce qu'il pouvait, étant ce qu'il était. Demain nous nous affronterons, la mort et moi. Elle plongera son épée dans un homme éveillé. »

« Je vois que vous aviez préparé votre affaire. Sans doute les années me rendent-elles trop prévisible. En tout cas c'est une introduction élégante même si je ne vois pas bien vers quoi tout cela nous mène. »

Droit sur le siège avant, côté hublot, du DC-6 affrété par Transair Sweden pour le compte de l'ONU. Droit sur ce siège où est assis le secrétaire général des Nations unies. Droit sur ce siège, où il s'est assoupi et ne se doute pas qu'« étant ce qu'il était » la mort a choisi de ne pas le réveiller avant de plonger son épée en lui. Elle fonce à ses trousses dans la nuit. Selon la première enquête, le sicaire chargé de la besogne vole à bord d'un Fouga Magister, chasseur de fabrication française. Il se nomme Jan Van Risseghem, c'est un mercenaire belge à la solde des Afrikaners. Un seul tir, la nuit s'éclaire, l'avion de Transair est abattu. De la seconde investigation il ressort que ce serait un petit bimoteur Do 28 équipé d'une mitrailleuse de sabord qui aurait été engagé. La mission est identique, mais le pilote, différent. Il s'appelle Heinrich Schäfer, encore un mercenaire, cette fois de nationalité allemande. La conclusion de l'opération est la même. Le DC-6 est à terre. Aucun survivant. Dans plusieurs rapports il est fait mention de témoignages de sauveteurs affirmant qu'ils avaient remarqué une carte à jouer, un as de pique, glissé dans le col de chemise du secrétaire général. Comme si la mort avait voulu laisser sa carte de visite. Évidemment cela n'a aucun sens.

« Je suis tout à fait d'accord avec vous. Et en plus je ne vois toujours pas le rapport entre cette édifiante histoire et vos propres expériences. »

Je voudrais pourtant que tout cela soit clair, que Guzman comprenne tout de suite la manière particulière dont la mort trie parfois dans ses affaires, expédiant l'un, prenant l'autre sous son aile.

« Étant ce qu'il a été », elle l'a pris. « Étant ce que je suis », elle m'a adopté, comme on recueille un orphelin, comme on soigne un lapin que l'on se réserve pour plus tard. Je peux convenir que cela n'a aucun sens commun et n'est pas plus recevable que l'histoire de l'as de pique, et que la raison n'a rien à faire là-dedans. Pourtant, quand je regarde comment se sont passées les choses, cela est acceptable. J'ai toujours senti que « pour l'instant » je ne risquais rien, que je n'avais aucun Fouga Magister à mes trousses, aucun mercenaire mandaté pour me mitrailler. J'ai construit ce sentiment comme un enfant s'invente une histoire à dormir debout et qui pourtant va le tenir éveillé toute une vie. Une histoire qui repose sur quelque chose de simple, un marché, un échange, termes parlants et très familiers aux enfants. La mort m'a pris ma mère et mon frère, elle me doit deux vies. Elle le sait et moi aussi. Le socle de mon immunité supposée, je le tiens de là. J'ai grandi avec cette idée-là dans la tête, j'ai voyagé avec, côté hublot ou côté couloir, je savais pouvoir la sortir quand l'occasion se présenterait. Je n'en ai jamais eu besoin. Au contraire. En grandissant, l'enfant a reçu d'autres signes pour le rassurer. Rebecca, sa seconde mère, est arrivée, et avec elle cette incroyable usine, véritable agence de voyages vers les Ténèbres, agréée par l'État, où les vivants réservent pour les morts. C'est là que j'ai fait mes classes pendant presque trente années. Stramentum m'a tout appris. Sur la quantité moyenne d'humains à traiter et livrer durant un exercice normal. Anticiper les fluctuations du marché toujours liées aux caprices et aux lubies de notre premier commanditaire, à sa façon de jouer avec les vivants, à son habileté à saisir toutes les opportunités. Chez Rebecca, de mon poste de guet, j'ai vu comment tout cela fonctionnait. Parfois sur des bases statistiques plus ou moins cohérentes, à d'autres moments, de façon totalement aberrante, comme ce soir du 20 février.

Après la disparition de Rebecca, je devins le propriétaire et directeur de l'usine. Le jour où j'ai officiellement pris mes nouvelles fonctions, en m'asseyant derrière le bureau de ma mère, j'ai éprouvé le sentiment très embarrassant de me trouver enfin à ma place, c'est-à-dire en situation de traiter en tête à tête avec notre donneur d'ordre.

Je ne pense pas que Guzman puisse comprendre ce raisonnement tortueux qui remonte d'un inconscient malmené dès le premier jour de ma vie. Guzman n'a pas vu disparaître un frère jumeau, ni senti mourir une mère. Moi je les ai perdus, dans tous les sens du terme. Ils m'ont été arrachés et j'ignore où ils sont. L'un, paraît-il, confié aux « déchets », l'autre perdu dans la péninsule des humains oubliés. Lorsqu'on se retrouve face à un pareil démembrement, il faut bien essayer de reconstruire, quelque chose n'importe comment, à partir de rien. Un exosquelette mental pour essayer de se tenir droit et d'avancer même si cela manque de grâce. Moi je me suis appuyé sur mon bourreau, lui réclamant sa dette chaque matin et chaque soir. Et je ne saurais dire pourquoi mais, pour moi, ça a marché. J'ai été adopté, rassuré, pris en main et, « étant ce que j'étais », j'ai gravi les échelons pour devenir ce que je suis : le directeur général de Stramentum. Le jour venu, j'espère que je mourrai comme je suis né, éveillé, les yeux grands ouverts.

Il est quand même à noter, au-delà de l'aspect symbolique et maladroitement mythologique de cette histoire, que j'aurai passé toute ma vie professionnelle à travailler pour la mort et donc à être nourri par elle. Et je me dis que c'était peut-être cela les termes de l'échange initial et odieux : la vie de mon frère et de ma mère contre l'assurance d'un gîte, d'un couvert puis d'un rassurant bulletin de paye avec en prime, endormies au fond d'un tiroir du bureau maternel, une épaisse liasse d'actions de la Standard Oil, célèbre compagnie pétrolière appartenant à la galaxie rockefellerienne, dissoute depuis 1914 pour ne pas s'être conformée à la loi antitrust édictée par l'administration américaine. Je n'ai jamais osé présenter ces titres à qui que ce soit, ni d'ailleurs évoquer leur existence. Il ne fait aucun doute que la mort a depuis longtemps empaqueté tous leurs bénéficiaires et que, par l'un de ses innombrables tours de passe-passe, elle s'est arrangée pour récupérer ces titres, les empiler afin qu'ils finissent dans le tiroir inférieur droit de ce qui est désormais mon bureau.

« Si je comprends bien, Paul, vous vous considérez comme une sorte de concessionnaire de la mort. Votre fonction de fabricant de housses pour défunts vous conférant de facto le statut de fournisseur officiel, lequel vous aurait été plus ou moins octroyé en raison d'un supposé remords éprouvé par le destin après qu'il vous a enlevé une partie de votre famille. Au titre de thérapeute, je vous dirais que dans cette divertissante interprétation de la réalité vous vous octroyez le rôle du fameux batelier Charon, qui en échange d'une pièce d'or convoyait les morts au-delà du Styx, fleuve du chagrin menant jusqu'aux Enfers. Maintenant, si je m'écarte de mes fonctions et vous livre mon avis de familier, je serais tenté de vous dire : "Paul, vous débloquez complètement." Je comprends votre construction d'enfant, ce besoin, cette nécessité à une époque difficile de votre vie, de vous rassurer. Mais raisonnablement, aujourd'hui, "étant ce que vous êtes", comme vous aimez à le répéter, prétendre avoir conclu un pacte avec la mort, même d'un point de vue symbolique, cela s'apparente à une loufoquerie totale. »

L'averse lave les vitres des fenêtres du salon et lèche avidement les huisseries. Le bruit des gouttes d'eau sur les larges feuilles des marronniers évoque le son de la mitraille. Je me sens bien, au calme. Chez moi. Guzman a bien fait de se déplacer. Je ne me vois pas dire ce qui vient de l'être en dehors d'ici. Cet endroit est approprié, dimensionné pour entendre le craquement des âmes.

Les propos de Guzman ne me choquent pas. Au contraire ils témoignent d'une sorte de loyauté intellectuelle envers moi. Et pour être franc je partage nombre de ses avis. Mais il doit y avoir dans un petit périmètre de mon esprit une infranchissable frontière qui refuse une certaine réalité, les évidences et les conséquences qui en découlent, et qui, par réaction, fabriquent une matérialité et une vérité alternative. Ce n'est pas du déni mais presque. Ce fut le cas pour Dag Hammarskjöld le jour où, au fond de moi, je décidai de continuer à aimer mon grand-père bien qu'il ne le fût pas. Il en alla de même avec la mort, lorsque je parvins à me persuader qu'elle serait, à vie, ma débitrice, après m'avoir enlevé ce que j'avais de plus cher.

Il ne m'appartient pas de convaincre qui que ce soit. J'ai dit dès le début combien il est difficile de se défendre ou même de s'expliquer quand on ne regrette rien. Je crois me souvenir qu'a Kempis disait quelque chose comme : « Celui qui se connaît bien se méprise et ne se plaît point aux louanges des hommes. » J'aimerais pouvoir dire cela à Guzman. Lui faire comprendre que je sais ne pas valoir grand-chose, que je ne crois en rien, et n'espère ni pardon ni certificat de bonne conduite. Je parle simplement, j'avance à tâtons en fabriquant des housses pour les morts. Je suis payé pour ce travail. Il n'est pas très noble. Mais il faut bien que quelqu'un le fasse.

Le petit chien qui parle
Session d'août

Ce matin, avant de me rendre chez Guzman, malgré les averses que des rafales d'un vent d'ouest rendent agressives, j'ai voulu faire un saut jusqu'au fleuve pour mesurer l'ampleur des masses d'eau qu'il propulse au cœur de la ville. C'est ahurissant. On dirait un gigantesque torrent de montagne charriant un limon chocolaté, tumultueux, envoyant des courants dinguer contre des vagues, elles-mêmes projetées dans tous les sens. De ce flux devenu fou émane un bruit constant, profond, un bruit de machine tournant à plein régime, les spasmes d'un énorme moteur au bord de la rupture. Du Pont-Neuf on ne distingue même plus la digue du Bazacle ensevelie sous les milliers de mètres cubes d'eau qui déferlent sur les vieux piliers du pont des Catalans, que la puissance des vagues percute de plein fouet. Un peu plus loin en aval, dans les années 2020, la chaleur et l'absence de pluie étaient telles que l'on pouvait traverser le fleuve à sec. Aujourd'hui des équipes municipales surveillent en permanence tous les ponts de la ville pour prévenir la formation d'embâcle susceptible d'affaiblir la résistance des ouvrages d'art. La Garonne n'a plus de berges, plus de marges. L'eau les a envahies depuis longtemps. Plus de plages non plus, ravinées par le courant. Les arbres qui bordaient le cours d'eau ont depuis longtemps pris le chemin de la mer, emportés par une marée entêtée qui jamais ne baisse. En attendant, ils sont là, cerbères stationnaires, têtus, le matin comme le soir, nuages gorgés de leurs amas de vapeur d'eau condensée, vidangeant sur nos vies et nos maisons toutes les réserves du ciel avant de laisser la place à la masse suivante, elle aussi remplie à ras bord d'une nouvelle cargaison. Le dôme de La Grave et les immenses façades de briques rouges de l'Hôtel-Dieu n'ont jamais vu l'eau d'aussi près sauf peut-être durant la grande inondation de 1875 qui en quelques jours fit deux cent huit morts et détruisit mille deux cents maisons. Aujourd'hui, sans doute avons-nous muté et retrouvé nos origines amphibiennes pour supporter ce déluge car, tant bien que mal, nous macérons depuis deux ans. On ne compte même plus les lignes de métro inondées que l'on doit mettre à l'arrêt. Où il est indispensable de pomper. Et de colmater. Et nous pompons et colmatons.

De là où je me trouve, sur la dernière pile du Pont-Neuf, devant le musée du Château d'Eau, lui aussi périodiquement envahi, le spectacle est saisissant et effrayant à la fois. Depuis ce déchaînement des pluies, le taux de suicide a augmenté dans cette ville et les arches du pont sont devenues des tremplins fréquentés pour l'au-delà. Sans doute la Garonne tient-elle le rôle du Styx et les arches, celui de Charon. Sautez par-dessus bord et le fleuve vous emporte vers les Enfers d'où, par ces temps et ces courants, personne n'est jamais revenu.

J'ai apporté un cadeau à Guzman, quelques images, vieux restes d'un souvenir extirpé de l'enfance et qui est réapparu d'on ne sait où au fond d'un tiroir.

« Vous me dites directement ce dont il s'agit, ou vous allez m'expliquer d'abord ? »

Guzman est curieux comme un écureuil, on dirait un enfant le matin de Noël. Il glisse ses petits doigts dans la boîte et sort une vingtaine de photos sur papier comme on les tirait autrefois. Toutes représentent un jouet posé sur un meuble ou un parquet. Un jouet plus ou moins marqué par des traces d'usure, de maltraitance ou de fatigue du temps. Certains sont même mal en point, partiellement cassés. Guzman regarde cependant ces images, une à une, avec un respect surprenant, une attention que l'on accorde en général à des photos de jeunes enfants ou de proches disparus. Après les avoir toutes examinées, il tourne vers moi son visage bienveillant avec un air qui ne veut rien dire d'autre que : « Et alors ? »

Alors, c'est juste une petite histoire qui tient dans le creux de la main, une histoire qui m'a accompagné pendant des années, qui m'a aidé, réconforté et appris que, quand quelque chose entrait dans la mémoire, rien ne l'en délogeait jamais.

Vous savez ce qu'était mon père. Cet art d'être brutal, cynique, violent. Même avec les enfants. L'âge que j'avais ? En tout cas celui de jouer à quatre pattes sur un tapis avec des Dinky Toys, et de rêver d'un garage à étages avec un ascenseur à ficelle pour faire grimper les voitures vers le sommet et ses emplacements peints dévolus au parking. Dans ma vie je crois n'avoir rien tant aimé que les jouets. De toutes sortes et à tous les âges. Chaque nouvel arrivant provoquait chez moi une déflagration de bonheur inattendu, une frénésie de découverte avec toujours pour corollaire la même question : « Comment ça marche ? » Fils unique, les jouets étaient mes amis. Mon père avait évidemment une tout autre perception de la petite caverne de bonheur où je rangeais pêle-mêle mes vieux compagnons d'enfance et leurs souvenirs usagés. Un jour, sans que rien l'ait laissé supposer, il entra et dit : « Tu as jusqu'à demain pour me nettoyer toute cette merde et la balancer à la poubelle. »

Rebecca, « cette femme qui n'est pas ma mère », me retrouva en larmes devant mon cimetière de voitures et autres passe-temps. Elle avait entendu l'ultimatum de Lanski claquer comme un fouet. « J'ai une idée pour toi. Voilà, tu vas prendre mon petit appareil et photographier tous tes jouets, un à un. Tous. Pour faire semblant d'écouter ton père, tu vas tous les mettre à la poubelle. En réalité tu les auras tous gardés dans ta mémoire. Pour toujours. Et quand tu en voudras un, tu ouvriras ton tiroir, tu sortiras la photo, et tu verras, tu le retrouveras intact comme au premier jour. Il sera avec toi toute ta vie et ton père n'aura jeté que des bouts de ferraille. Tout le reste, le vrai souvenir, c'est toi qui l'auras. »

J'ai pris l'appareil de Rebecca et photographié toutes mes petites merveilles en partance pour la décharge. Le matin de la séparation, j'avoue avoir pleuré.

Aujourd'hui, Lanski est mort, et moi, quand l'envie m'en prend, je sors les photos de mon bureau et regarde tous mes jouets un à un. Ils se souviennent alors de ces journées que nous avons vécues ensemble et n'en finissent pas de tourner et de se garer dans ma tête.

Guzman me dit qu'il aime beaucoup cette histoire. Qu'elle lui fait du bien. Il dit que ce qu'a fait Rebecca ce jour-là témoigne de son intelligence et de son profond amour pour moi. « Je connais bien peu de mères biologiques, de mères tout court, susceptibles de faire preuve dans l'instant d'une telle délicatesse. Vous connaissez le parcours de vie de votre mère avant son mariage avec M. Lanski ? »

J'éprouve un énorme vide dans la poitrine, peut-être comparable à celui que l'on doit ressentir lors de la chute d'un ascenseur. Puis un sifflement strident, assourdissant et rapidement dégressif, me vrille l'oreille droite. La réponse est non. Non, je ne sais presque rien de Rebecca Huisbourg, celle qui n'était pas ma mère, et qui, selon mon père, avait une sexualité bien moins passionnante que celle de ma mère, celle qu'il avait oubliée à l'hôpital, le soir où elle est morte.

« Est-ce qu'après cette touchante histoire vous voulez bien commencer sans transition notre session d'aujourd'hui consacrée à l'examen de Stramentum, du travail que vous faites là-bas mais aussi vos participations aux étranges congrès à l'étranger que vous avez déjà évoqués ? »

Aujourd'hui, justement, à cause du fleuve que je suis allé voir avant de venir, en raison aussi des images que je vous ai montrées tout à l'heure et de tout ce qu'elles évoquent, j'aurais besoin d'une transition. Une vraie. Besoin de passer dans un autre monde, celui où soudain la vie a un autre goût, une autre texture. Cela vous ennuie si je parle de mon chien ? D'un rêve le concernant ? Je pense que c'est le jour et le moment. À cause du fleuve et des jouets. Entrer enfin dans un monde débarrassé du fardeau familial, des malles de la mémoire, avec une focale sans profondeur de champ, tourné juste vers l'essentiel, la férocité des eaux et l'amour de mon chien.

« Ainsi présentée, la proposition ne peut que convenir. Dites-moi, comment s'appelait votre chien ? »

Au commencement il ne s'appelait pas. D'une certaine façon c'est à peine s'il existait. Pas de nom, pas de collier, pas de tatouage, pas de puce d'identification. Un passager clandestin de la vie. Abandonné près d'une rivière en plein hiver, à l'époque où les saisons possédaient encore leurs caractéristiques. Abandonné avec quelques maladies de peau, deux otites et quelques dents en carton. On ne s'est rien dit. Il m'a suivi jusqu'à la maison. Quand j'ai ouvert le portail, il a attendu que je lui fasse signe d'entrer. Visite médicale. L'âge ? Trois mois, peut-être ? « Pas plus », dira la vétérinaire. Retour à la maison, lavage à l'eau chaude, antibiotiques, corticoïdes, et repas cuisiné. Son nom viendra très vite, sans doute jailli d'une bulle du passé qui crève la surface. Watson. C'est ainsi qu'il s'appellera.

Le reste de sa vie ? Une surprise permanente, un enchantement. Physiquement Watson ne ressemblait à rien de connu. Lorsqu'au début on me demandait : « C'est quoi comme chien ? », je répondais : « Un chien de taille moyenne. » Vers l'âge d'un an et demi cet animal plutôt disgracieux changea au point de finir par ressembler à un panda. Évidemment le monde était à ses pieds. Un jour que l'on me demandait qu'elles étaient ses origines, las de m'en tenir à mon mantra habituel, je répondis : « Nordique. C'est un northlander. » Et à ma grande surprise je m'entendis ajouter : « Il y en a très peu, ils vivent et sont élevés au nord d'Oslo, ce sont de bons bergers. » C'est ainsi que Wats, comme je l'appelais, obtint son passeport aux armes de la Couronne. Wats donc avait la particularité, quand il était sec, d'avoir un pelage qui gonflait et magnifiait une stature. En revanche, une fois mouillé, sa toison s'effilochait misérablement, lui donnant l'apparence d'un gros rat. Il avait aussi de tout petits os, des pattes effilées comme des talons hauts et un museau aussi pointu qu'un pic à glace. J'avais donc deux chiens. L'un, sec, une vraie merveille. L'autre, mouillé, une totale affliction. Wats avait aussi cet étrange besoin, en voiture, de mettre son museau à la portière et de demeurer dans cette position, sans broncher, même au-delà des cent trente kilomètres-heure réglementaires. Le vent plaquait les poils sur son museau, déformait ses babines, lui donnant un visage effrayant, à tel point que j'avais honte de doubler un véhicule. Wats était un étrange bonhomme. Il passa la moitié de sa vie à détester l'eau sous toutes ses formes, fût-ce sous l'apparence d'une simple goutte. Il exécrait la pluie, la mer, l'océan, les flaques, les arroseurs, y compris les brumisateurs. Et soudain au mitan de sa vie il entreprit une carrière de chien d'eau, affrontant les vagues, traversant les étangs, pataugeant dans les mares, souillant son soyeux pelage de northlander pour se transformer en ragondin rescapé de la débâcle. Tel était mon Wats, vivant, habité par une vie étincelante, sans faille ni repos, une vie qui le poussait à s'intéresser aux autres au point de savoir ce qu'avait été ma journée au moment même où je rentrais à la maison. Puis une sale affection me tint au lit deux mois durant. Deux mois durant il garda la chambre à mes côtés, ses pattes ne décollant jamais de la bordure du matelas. Ce chien m'aimait le plus naturellement du monde et il savait que je l'aimais de la même manière. Il n'était pas un animal de compagnie mais une partie intégrante, sans doute la plus riche et la plus instinctive, de mon existence. Il n'avait reçu aucun dressage, aucune éducation, mais comprenait toutes les langues essentielles. Et pour peu que l'on s'attache à lui, il exprimait clairement ses désirs et ses sentiments dans une langue parfaite que tout être humain aurait pu comprendre.

On savait pouvoir compter l'un sur l'autre.

Lors de la nuit où mourut Rebecca, il s'arrêta devant sa chambre et se coucha devant sa porte. Le museau entre les pattes avant. Il resta là jusqu'à ce que le médecin ait constaté le décès. Ensuite il reprit ses habitudes, et revint de l'autre côté de la maison s'allonger auprès de moi.

Et puis Watson a réussi quelque chose que je n'ai jamais eu le courage de seulement tenter. Avant de quitter définitivement la maison, Lanski, qui détestait les animaux en général et mon chien en particulier, a dû cohabiter avec Watson pendant presque une année. Quand il le croisait, il le traitait de « tête de con », et quand Wats était assoupi au plus fort de sa rêverie, la brute aimait l'effrayer en poussant subitement un cri de bête fauve. Un jour Wats décida qu'il en avait assez. Il se leva d'un bond, se retourna et fondit sur Lanski, faisant mine de le mordre aux mollets. Ce fut un spectacle sublime. Mon père, pris de panique, réfugié sur l'accoudoir d'un canapé, criant à l'aide comme une vieille Anglaise terrorisée par une souris. Wats regarda un moment gesticuler ce drôle de bonhomme, puis s'en retourna vers ses rêveries.

Mon chien n'a jamais dépassé les quinze kilos. Sa denture ne lui aurait pas permis de croquer une biscotte.

Une maladie l'a emporté. Je ne l'ai pas lâché une seule seconde, jusqu'au bout. Et il est toujours là.

Le fait que j'aie souhaité l'évoquer dans l'une de ces sessions en témoigne.

Mais avant d'en finir, et pour être tout à fait complet avec Watson, il me faut vous raconter un rêve. Le plus beau rêve de ma vie. En relief, avec les lumières du ciel et les odeurs de la mer.

Watson et moi nous promenions en silence. Je le regardais et je me disais que j'avais une chance incroyable de partager la vie d'un pareil animal. Alors on s'est assis par terre, côte à côte. J'ai commencé à m'adresser à lui comme je le fais souvent. Et puis j'ai dit : « Tu imagines si tu parlais, la vie qu'on aurait ? On pourrait discuter pendant des heures, ce serait génial. » Il y eut un silence, puis une petite voix d'enfant dit : « Mais je parle. Je parle depuis toujours, mais tu ne me l'avais jamais demandé. » Il me fallut ce qui me parut être des siècles pour croire et accepter l'idée que mon chien parlait. Il parlait et je pleurais et je le serrais dans mes bras et il n'y avait plus de haut ni de bas, plus de temps, plus d'éternité, seulement moi, assis là, et mon Wats qui me parlait. Il parlait avec une aisance ahurissante, avec des intonations et un vocabulaire appropriés. Je fus pris de panique : « Écoute-moi bien. Tu ne dois dire à personne que tu parles. À personne. Sinon la presse va vouloir t'interviewer, te photographier et les scientifiques vont t'enfermer dans un laboratoire pour t'étudier. Et on sera séparés. Peut-être pour toujours. Donc tu te tais. Jure-le-moi. Pas un mot. Tu aboies tant que tu veux, mais pas un mot. » Dans mon rêve je vivais avec une femme qui s'appelait Louise. J'insistais : « Pas un mot à Louise non plus. Non, c'est trop risqué. Si tu parles avec elle, un jour, sans y faire attention tu parleras à quelqu'un d'autre. » Évidemment, le soir venu, incapables de tenir notre serment, nous avouâmes l'incroyable à ma compagne qui resta pétrifiée et muette le temps d'assimiler l'impensable. Ensuite, nous avons tous éclaté de rire, un rire irresponsable, et nous avons passé tous les trois la soirée la plus formidable, la plus drôle, la plus insensée de toute notre vie.

Le lendemain nous nous rendîmes ensemble sur une immense plage au bord de laquelle se trouvait une grande ville avec des maisons blanches et de petites rues. Au-dessus de la cité, flottait un immense nuage de sable ocre. Nous nous sommes demandé tous les trois quel pouvait bien être ce phénomène. Watson dit : « C'est une tempête de sable, c'est très dangereux. » Je partis marcher vers le sud de la plage tandis que Louise et notre northlander prenaient la direction opposée vers la ville aux maisons blanches. Au bout d'un moment, du sable transporté par les vents commença à voler. Soudain, je fus très angoissé. Je sentais que quelque chose était en train d'arriver. Je me mis à courir vers la ville dans la direction que Louise avait prise. Plus j'avançais, plus le vent forcissait et plus la visibilité diminuait. Au bout d'un long moment j'aperçus Louise qui entrait dans le dédale des rues et je hurlai son nom. Je me rapprochais d'elle en protégeant mes yeux mais je ne voyais pas Watson. Elle me dit : « Il est parti par là mais je n'ai pas pu le suivre. » J'ai foncé droit devant moi, giflé par le sifflement des rafales et le sable qui me lacérait le visage. Je hurlais le nom de mon chien mais la tempête étouffait mes paroles, les mots restaient enfoncés au fond de ma gorge. Je ne sais combien de temps j'ai ainsi bataillé dans cet océan granulaire qui nous menait vers le néant, mon chien qui parlait et moi qui hurlais des mots enfouis, qui nous engloutissait séparément et pour toujours.

Je me suis réveillé essoufflé, transpirant, en larmes.

Watson était couché à mes pieds, l'oreille attentive. Je l'avais sans doute réveillé. Il roula doucement sur le côté pour se rendormir en me donnant tout ce qu'il pouvait m'offrir à cette heure-là – son beau regard paisible de northlander qui me disait : « Rendors-toi, tout va bien, je suis là. »

En regardant Guzman ranger ses feuilles, je me demande ce qu'il va bien pouvoir faire de cette histoire. Entre-t-elle dans le cadre de la purification des miasmes qui m'ont conduit ici et dont je suis censé me dépouiller ? Cela fait-il partie de l'obligation de soins alternative à l'embastillage ? De cette innommable pathologie que l'on veut guérir chez moi ? Mais, au fait, de quoi suis-je réellement malade ? Certains soirs, en partant d'ici, je me demande à quoi rime ce caquetage supervisé par la justice et encadré par les assurances sociales. Certains soirs en partant d'ici, oui, je n'ai envie que d'une chose : retrouver mon Watson et parler avec lui. Même si, à la fin, je sais ce qu'il me dirait. « La plus haute vertu à l'origine de toutes les autres vertus est l'humilité. »

« Vous voyez, Paul, j'ai constaté que ces derniers temps les protocoles que nous avions mis en place en mars se sont délités au fil des mois, et que certains sujets de nos sessions s'invitaient au dernier moment en lieu et place des thèmes que j'avais retenus. Alors je me suis dit que, de toute évidence, l'usage prenant le pas sur la règle, il ne serait peut-être pas plus mal d'adopter un mode opératoire plus ductile épousant les préoccupations du moment, étant bien entendu qu'il faut cependant que nous demeurions dans le cadre que nous assigne la justice, c'est-à-dire une thérapie de soins et non de confort. J'aimerais donc vous revoir ce mois-ci. Pour la prochaine séance je vous laisse le loisir de choisir la trame. »

J'ai été mort et enterré en Corée
Session d'août, n° 2

La trame est simple. L'inhumation de mon père. En France. Et ce qu'elle aurait pu être s'il était mort en Corée. Je sais, a priori cela peut sembler bizarre, mais je pense qu'une fois digéré l'intitulé, nous retomberons sur nos marques.

Guzman s'est redressé dans son fauteuil comme un homme attiré par une gourmandise que l'on vient de déposer sur la table.

Nos rapports ne sont pas conventionnels. Je crois qu'il fait ce qu'il peut pour paraître ce qu'il doit être, et moi je m'efforce d'être un malade convenable, « étant ce que je suis », bien entendu.

Une fois le jugement prononcé et l'enquête policière terminée, son crâne, j'imagine, fut confié au service médico-légal pour être expertisé. J'ignore si les deux balles trouvées dans son cerveau ont été extraites pour servir de pièces à conviction, bien qu'il n'y ait plus grand monde à convaincre, ou si on a laissé la ferraille en vrac là où elle était. Les services funéraires – pas d'office, bien entendu – ont été simplifiés à l'extrême puisque j'ai demandé qu'il soit enterré dans le « carré des indigents ». Les tombes individuelles sont recouvertes d'une simple dalle de ciment vierge, sans nom, ni prénom, ni date de naissance ou de décès. L'intérieur de la sépulture repose sur une fondation de béton, dite « semelle », qui assure l'assise de l'ensemble. Normalement, ces dernières demeures tout comme les services funéraires qui les accompagnent sont facturés à la commune, laquelle, de par la loi, se doit d'offrir une sépulture à toute personne décédée « quels que soient son culte ou sa croyance ». Dans le cas de Lanski, j'ai réglé à la municipalité et à l'entreprise des pompes funèbres la totalité de ces frais.

Je ne me suis pas déplacé pour la mise en terre ni pour la fermeture de la tombe. J'ignore où se trouve mon père enfoui dans ce quadrilatère des pauvres et des oubliés. Nul ne saura jamais où le chercher. Nul ne saura jamais qui il était. Nul ne saura jamais qu'il a été.

« On vous sent très à l'aise lorsqu'il s'agit de traiter des choses ayant trait à la mort. Sans doute à cause de tous ces événements que vous avez évoqués et de l'influence de votre environnement professionnel. Mais quand même, cette facilité que vous avez à vous mouvoir entre les tombes et les cadavres a quelque chose de déconcertant. Ce que je retiens, c'est que ni vous ni quiconque ne pouvez donc savoir où et à quel emplacement votre père est aujourd'hui inhumé, c'est bien ça ? »

C'est exactement ça. Et j'aimerais que Guzman réfléchisse à ceci : ce geste d'élimination radicale post mortem, cet effacement des registres et des mémoires est, moralement, pour moi, bien plus « répréhensible » que mon geste de cow-boy immature qui joue avec un revolver. Tuer un homme déjà mort vous envoie devant un juge, qui vous envoie en prison, qui vous transfère ici. Et qui vous soigne parce que, pour faire un truc pareil, il faut avoir un grain. En revanche organiser au vu et au su de tous la disparition totale d'un humain – qui plus est de son géniteur – en l'enfouissant dans une terre muette et amnésique, une terre mise à disposition pour avaler et digérer à tout jamais des existences, est tenu pour une action tout à fait acceptable et n'est pas pris en compte par les Tables de la Loi.

Si j'avais été au courant de la nature de ce carré, j'aurais fait l'économie de ma visite à la morgue et de mon séjour ici, où je me trouve contraint pour avoir finalement fait bien peu de chose.

Je ne déteste pas, c'est vrai, réfléchir à ces questionnements qui ne mènent à rien pourvu qu'ils rôdent autour de tout ce qui a trait à la mort, qui s'en approche, la renifle.

Voici une histoire extraordinaire. Une histoire résolument opposée à la mienne mais qui, pour ce motif, trouve sa place ici en ce qu'elle raconte l'amour silencieux, admiratif et démesuré d'un enfant pour son père, un enfant qui va grandir, et un père qui, bien sûr, va finir par mourir. Mais avant d'en arriver là, cet homme d'un autre monde, imprégné de taoïsme, aura peint dans le silence et le retrait, durant toute sa vie, des centaines, des milliers, des millions de gouttes d'eau. Sur toile, ou sur bois, ou sur tout. Elles étaient pour lui le symbole de la souffrance humaine. Son nom était Kim Tschang-Yeul. Dans le monde des arts on le surnomme « l'homme qui peint des gouttes d'eau ». On le célèbre aussi comme le plus grand peintre de Corée, un musée entier lui est dédié sur l'île de Jeju. Cet homme, presque par inadvertance, est devenu un dieu vivant. Sans doute par modestie et par esprit de contradiction, il est mort à quatre-vingt-onze ans.

Avant qu'il ne disparaisse, son fils Oan lui a consacré un film documentaire, une œuvre magistrale qui avance doucement vers le noir qui précède la nuit. Une voix et des images lissées par le respect, l'amour, la distance, l'élégance, toutes ces petites choses qui s'additionnent et s'assemblent naturellement quand on aime un homme. Qui parlait très peu. Mais qui était là, et à la fois tout le temps absent. Qui tous les jours de l'année peignait. La même chose. Sans doute l'élément le plus pur, le plus simple. Des gouttes d'eau. Autant que le ciel pouvait en contenir. Avec une nuance pour chacune – de lumière, de couleur, de forme –, des eaux sensibles aux saisons mais aussi à la mémoire souillée d'avoir dû faire la guerre de Corée. Des gouttes de guerre. Allez savoir.

Son fils Oan questionne sur ce qu'il faut de modestie ou de folie, de retrait de soi et d'obsession, de quête et de foi, pour ainsi passer toute une vie un pinceau à la main, là et pas là, avec une femme et deux enfants qui, comme eux seuls le peuvent, vivent et grandissent sous ces pluies permanentes.

Le père a fait le fils. Le fils a raconté une histoire en forme de goutte d'eau et réussi à glisser le père à l'intérieur. On écoute le fils, le fil de sa voix, et l'on se dit que si le père avait été plus bavard, s'il avait lui-même confessé les silences de sa tête, il ne se serait pas exprimé autrement.

Ce film aurait pu me sauver. À défaut, il m'a montré l'incroyable privilège d'un enfant qui pouvait aimer et admirer un père capable de montrer l'Invisible à ses enfants, des instants indispensables qui se passaient de mots et les habiteraient toute une vie. Vers la fin de la sienne, devant la caméra de son fils, et parce que cette journée-là avait sans doute été longue ou qu'il faisait chaud, M. Kim s'allongea sur son lit, à côté de sa femme, et tendrement tous les deux fredonnèrent les chansons d'amour qu'ils entendaient à Paris, il y a bien longtemps, quand ils s'étaient rencontrés.

Dans ce film, *L'Homme qui peint des gouttes d'eau*, je découvrais tout ce que je n'avais pas connu, la sérénité d'une famille, l'harmonie d'un couple, la présence rassurante d'un frère et l'offrande d'un perpétuel exercice d'admiration, d'amour et d'apprentissage.

À l'époque, nous sortions à peine du Covid, ce petit frère du Sers-22 puis du Codim-12. La concordance des temps et les broderies du hasard ont voulu que quelques semaines plus tard je me rende à Séoul pour assister à un congrès réunissant des scientifiques, mais aussi toutes les professions périphériques ayant à traiter avec la mort. Sans doute inspiré par la pandémie récente, ce rassemblement hétéroclite se nommait simplement « symposium ».

Il était question de tous les rapports dont j'ai parlé précédemment, des analyses de data, des projections de santé publique, toutes choses soumises aux aléas. La mort étant un flux assez régulier et constant, ces rencontres prétendent avoir pour utilité de confronter climatologues, sociologues, épidémiologistes, vulcanologues, océanographes, de mélanger leurs analyses, de les centrifuger pour en extraire une pulpe censée receler et produire une sorte de météo des partants et des zones où ils seront particulièrement nombreux. Tout cela pour que des types dans mon genre ou des fabricants de cercueils en chêne se tiennent prêts à accélérer le rythme des thermosoudures de leurs housses ou augmentent leurs commandes de bois.

Au deuxième jour des rencontres de Séoul j'ai quitté la ville pour me rendre sur une île. Celle de Jeju, destination inavouée mais principale de mon voyage. En arrivant je n'ai rien vu des perspectives volcaniques ou du pastel des eaux. Au chauffeur de taxi j'ai tendu un bout de papier où était écrit : « 883-5 Yonggeum-ro, Hangyeong-myeon ». Le chauffeur a souri, opiné, et dans un bel anglais a dit : « *Kim Tschang-Yeul Museum? Very, very nice place.* »

Un bâtiment, dessiné par un architecte ayant sans doute trempé dans les palettes humectées de Kim, presque enfoui en terre, avec un plan d'eau, beaucoup de baies vitrées, des gouttes d'eau de toutes les tailles, en verre, gigantesques et posées sur des blocs noirs, noirs comme les murs, noirs comme la masse minérale scellée au cœur de la *Meditation Room* de mon grand-père, noirs comme l'envers du monde et de la vie. Je regardais tout, tout à la fois, et plus le temps passait, plus la phrase de Coleridge inondait ma tête, « *Water, water every where* ». Jamais autant que ce jour-là l'eau n'avait été à ce point omniprésente. Je me laissai porter par cet élément, j'y plongeai profondément et y respirai même à pleins poumons. Il m'arrivait de temps en temps de deviner la silhouette fluide de M. Kim, cet homme sage et fascinant qui, sa vie durant, sans même que l'on y songe, avait rempli ces océans. Peu à peu, j'ai ressenti que je me trouvais au centre d'un monde singulier, au cœur d'une fabrique humaine unique qui, une vie durant, habilla toutes les nuances de la tristesse avec des millions de litres d'eau. J'étais arrivé à l'origine des larmes.

De retour à Séoul, je retrouvai les tableaux des *data boys*, les communications des communicants, les études des chercheurs, bref, le symposium, lequel, si l'on s'en réfère à son étymologie, signifie en latin « banquet ». De fait, tout le monde était à table.

Le hasard fit que ce soir-là mon voisin de table s'appelait M. Kim Ki-Ho et se présenta à moi en me tendant sa carte de directeur de l'entreprise Happy Dying mais aussi celle de conférencier sur la méditation et la mort. M. Kim me raconta l'histoire de sa petite compagnie. Elle commence le jour où, selon des classements exotiques mais officiels, cet homme découvre que la Corée est le deuxième pays le moins heureux des nations développées et enregistre quarante suicides par jour. Il lui vient alors l'idée de créer Happy Dying et d'inventer des funérailles fictives.

Je vous sens perplexe depuis un petit moment. Vous trouvez que tout cela sort du cadre ?

« Pas du tout, mais il est vrai que nous voyageons beaucoup. Et j'avoue que ces histoires de morts joyeuses m'intriguent. Tout comme d'ailleurs ce classement qui définit la Corée comme le deuxième pays le plus triste du monde. Quels peuvent bien être ces paramètres collectifs communs à toutes les nations susceptibles d'évaluer leur bonheur ? Bon, ne perdons pas de temps, je vous en prie, avançons. »

Parfois, le ton de Guzman m'agace. Il n'a pas à intervenir de cette manière. Cela n'a pas lieu d'être.

Kim a donc l'idée de proposer à son ou ses clients de se rendre dans un cimetière, de s'habiller en tenue mortuaire, d'enfiler un kimono, d'écrire une lettre d'adieu à leurs proches et amis, d'allumer un cierge devant le cercueil, de se faire attacher les mains puis, sous les yeux de la famille réunie, de s'allonger dans un cercueil que l'on referme tout en simulant le clouage par des coups de marteau frappés sur le couvercle. Et dans le noir, la solitude et le silence, la séance d'introspection et de méditation commence. Ressuscités trente minutes plus tard, les défunts se disent tous heureux de retrouver la vie et ses merveilleux emmerdements. M. Kim me précisa que ces cérémonies pouvaient être organisées pour un seul client, un petit groupe et même pour les employés d'une même entreprise comptant jusqu'à deux cents personnes. Et autant de cercueils regroupés dans un cimetière dédié.

Mon père aurait adoré cette histoire. Ces faux morts en boîtes. Ces entreprises dont tous les employés disparaissent en quelques secondes. Le soir même il aurait acheté la franchise. Comment aurait-il adapté tout ce trafic à l'Europe ? Lui seul le sait. Mais entre la cryogénisation et les « morts joyeuses », il ne fait aucun doute qu'il aurait hissé la France au premier rang des pays extatiques.

« Nous avons beaucoup voyagé aujourd'hui, Paul. Vu de très belles choses, d'autres moins remarquables. Mais nous en revenons toujours aux mêmes tropismes, l'eau et la mort. Je ne suis pas surpris de la fascination que vous entretenez pour Kim Tschang-Yeul et pas davantage étonné qu'en son musée vous vous soyez senti au cœur de l'origine des larmes. Tout se tient. Tout est solidement imbriqué. Les gouttes, la mort, les larmes qui en découlent. Vous vivez à l'intérieur de ce petit monde qui vous isole du grand. Il y a quelque chose de coréen en vous dans cette volonté de ne pas vouloir exister et cette ardeur à porter tant de larmes. »

Je n'avais qu'une envie. Sortir d'ici, marcher d'un pas de vivant, marcher et prendre la pluie en pleine gueule, avancer tête droite, lavé en permanence par ces centaines de gouttes d'eau peintes en silence depuis des siècles et qui tombent sur moi à la vitesse de six mètres par seconde.

Stramentum, Inc.
Session de septembre

En latin, *stramentum* veut dire « housse ». Mais pas au sens mortuaire du terme. Du temps de Lucius Porcius Cato, un *stramentum* était plutôt une couverture utilisée aussi bien pour recouvrir les hommes que pour abriter les chevaux. Quand, à la mort de son père, Rebecca Huisbourg changea le nom et la nature de l'entreprise jusque-là vouée à mouler toutes sortes d'articles de cuisine et de la vie courante, elle opta pour un certain snobisme latiniste et donna à sa nouvelle entreprise de *body bags* le nom de Stramentum. Elle poussa la préciosité jusqu'à faire inscrire en en-tête de son papier à lettres un pompeux *Requiem æternam dona eis*. Donne-nous le repos éternel. J'ai retrouvé quelques feuilles de ces courriers en mettant un peu d'ordre – en quoi le fatras des morts aurait-il besoin d'être ordonné ? – dans les papiers accumulés au fond des tiroirs de son bureau.

Si je donne ces précisions liminaires, c'est pour que Guzman comprenne que Stramentum n'est pas une entreprise neutre fabriquant uniquement des biens et des services. Ici nous emballons les morts. C'est un métier précis, rigoureux, avec des obligations, un cahier des charges et d'innombrables conformités à respecter. En plus, Stramentum fait partie de ces usines qui ont une signature olfactive, une odeur propre, un empyreume qui imprègne tous les nouveaux visiteurs, cette exhalaison que dégagent les matériaux biodégradables et les PVC lorsqu'ils sont thermosoudés. Les plus pragmatiques comparent cela à l'odeur d'une queue de poêle qui a trop chauffé.

« Sans vouloir vous offenser, mon cher Paul, il n'y a rien dans ce que vous racontez là qui fasse vraiment rêver ou nous permette d'avancer. En plus je crains de ne pas pouvoir supporter longtemps le fumet de ce fameux et envahissant empyreume. »

Guzman est satisfait de son petit effet. Il glousse en sautillant légèrement dans son fauteuil, le sommet de ses épaules tressautant de manière désordonnée comme si elles étaient disjointes du reste de son corps. Je lui ai proposé l'histoire de Stramentum comme objet de cet entretien, il en a été d'accord, et voilà qu'il se gausse dès les premières minutes. Cela fait partie des attitudes que je n'aime pas chez lui, cette façon d'utiliser le moindre biais pour déstabiliser son interlocuteur. Je le vis très mal, cela me rappelle trop quelqu'un.

Je dis : « Excusez-moi », je me lève, enfile mon vêtement de pluie et sors marcher. C'est une bruine dense qui n'a rien de désagréable.

Je trouve ces journées parfois totalement ridicules. Que de temps perdu à récurer le passé et la vie collée, carbonisée depuis des années au cul d'une poêle. Et pendant ce temps ma vie avance, file, et j'en suis réduit à marcher sous la pluie pour récupérer un peu d'autonomie, un brin de dignité. Je n'ai pas le loisir d'envoyer tout promener. Le risque est trop grand et le bénéfice trop mince. Au point où j'en suis, je ne dois toucher à rien, filer droit jusqu'au bout. Je ne peux me permettre de m'aliéner Guzman.

Fort heureusement la presse n'a pas dit un mot sur mon affaire. En soi, un directeur d'entreprise de housses mortuaires qui tire deux balles dans la tête de son père mort depuis quinze jours, le tout dans la salle d'une morgue, est un sujet de fait divers comme la vie ne prend pas le temps d'en peaufiner souvent. Cette extrême discrétion est pour moi inexplicable.

Je ne vais pas reprendre la séance tout de suite. Je veux le faire patienter un moment pour qu'il comprenne qu'il ne peut pas tout se permettre. Je tourne en rond dans le quartier. Mais aussi dans ma vie.

Cette soirée à la morgue fut une erreur totale. Le carré des indigents aurait suffi. Cette procédure d'« obligation de soins » peut avoir du sens dans des affaires où la récidive est la norme. Mais dans mon cas, qu'y avait-il à craindre ? Je n'ai qu'un père, il est déjà mort deux fois et enterré dans un endroit du monde que nul ne connaîtra jamais. Alors à quoi bon me soigner contre une maladie qui n'existe plus, une maladie d'enfant, sans vaccin mais garantie sans rechute ? À quoi bon ressortir des douleurs endormies, rouvrir des plaies asséchées, faire parler des morts, voyager en Orient, s'effondrer en Suède, passer de l'Afrique à New York, exhumer des Katangais, étudier le moine, son *Imitation* ?

Il n'y a rien à retirer de tout ça. Que de la peine.

Je fais demi-tour comme un chien mouillé qui revient à la niche. La pluie m'accorde sa compagnie. Quand on analyse ce phénomène météorologique dans sa globalité, son entêtement, l'ampleur de son dérèglement, il est effrayant, démesuré. Pourtant chaque averse, prise individuellement, m'offre une pause, un peu de paix, allégeant le poids des jours et celui d'être.

Cela fait deux fois que je sonne à la porte et nul ne vient ouvrir. J'attends comme un gosse qui a oublié les clés de chez lui. Je sais qu'il est là. Je peux sentir sa présence à travers la porte. Il veut me punir.

Stramentum, Inc.

Session de septembre, n° 2

Il a laissé un message à la maison. « Demain, 14 heures. » Et il a raccroché. Me voilà remis à ma place. Celle que m'assignait Lanski avec ses commandements quasi monosyllabiques. Celle que j'ai occupée tête basse durant tellement d'années avec ces épines de haine qui, nuit et jour, me labouraient le ventre. Je ne guérirai jamais. Je ne suis même pas malade. Guzman n'y connaît rien.

Il est « demain 14 heures » et je sonne à sa porte. Un seul coup, bref. Il ouvre et me salue de la tête. Une odeur flotte dans la pièce, une odeur vague, qui n'a pas sa place dans un salon de consultation, mais que j'identifie entre toutes, quelque chose qui évoque mon odeur, mon fameux empyreume.

« Vous l'avez reconnue, j'imagine ? Dès que j'ai vu la vieille poignée en Bakélite de la théière se casser et fondre en partie sur le socle électrique, je n'ai pas pu m'empêcher de penser à vous et à l'odeur de votre usine de thermosoudage. C'est infect. C'est arrivé ce matin et, depuis, impossible de me débarrasser de cette puanteur. »

Je ne réponds pas même si je pourrais faire valoir que la Bakélite est une résine thermodurcissable, qui ne fond donc pas à la chaleur et ne peut bien sûr pas avoir dégagé une odeur pareille, davantage caractéristique de la combustion des plastiques modernes. J'enlève mon imperméable et le dépose bien mouillé sur un siège de tissu beige qui me paraît être du chintz.

« Vous le faites exprès. »

Guzman se précipite, retire mon vêtement trempé de son fauteuil et le met à égoutter dans l'entrée.

« Ce qui s'est passé hier ne doit plus se reproduire. Votre sortie est inacceptable et contraire à toutes les règles. C'est pour cela que je vous ai laissé à la porte. J'aurais même pu signaler votre écart à votre juge. Nous sommes en 2031, monsieur Sorensen, et les lois ont changé. Ici vous pouvez tout dire. Tout. En revanche il en va différemment de ce que vous pouvez faire. On ne quitte pas comme ça la session. On ne rompt pas le lien sur un mouvement d'humeur. »

De quel lien me parle cet homme ? Je n'ai aucun lien avec lui, juste une putain d'ordonnance d'« obligation de soins ». En dehors de ça on n'a rien à faire ensemble. Sauf que je dois parler jusqu'à en avoir la langue écorchée, et parler, et parler encore. Le seul lien qui nous lie, c'est le fil à la patte qui me ramène ici comme un chien à la chaîne. L'humiliation ou la prison. Avec Lanski c'était l'humiliation et l'enfer. On est en 2031 et c'est vrai que les choses ont changé.

« Souhaitez-vous continuer sur Stramentum ou passer à un autre dossier ? »

Il faut que je reste calme, que je laisse mon vêtement s'égoutter là où il est. Ici, ma vie est un empilage de « dossiers ». On en ouvre un par mois. On le feuillette, on classe tout comme ça vient et on referme. Tenu pour lu. Une année. Une éternité. Maman 1, Maman 2, Frère jumeau, Dag Hammarskjöld, Stramentum, Lanski, a Kempis, Kim Tschang-Yeul, les averses, les gouttes d'eau, l'ONU, l'IA, U.No. Comment assembler tout cela pour fabriquer un homme, arriver à le faire tenir debout, sur ses deux jambes, puis lui apprendre à marcher, à aimer, à pleurer, à comprendre qu'il n'ira pas plus loin, qu'il a fait « ce qu'il pouvait, étant ce qu'il était ». Oui, je dois rester calme, me répéter que j'ai effectué plus de la moitié de ma peine et qu'on ne tente pas une évasion à cinq mois du terme. Alors voilà, je vais demeurer serein, regarder Guzman dans les yeux, et trouver un moyen digne de parler calmement de Stramentum, cette maison qui m'héberge, m'éduque, me fait vivre depuis l'enfance.

À quel âge ai-je pris conscience de la nature des produits que fabriquait l'usine de ma mère ? En tout cas j'ai rapidement compris qu'ils ne favoriseraient pas l'éclosion de ma popularité. J'étais et suis encore le type de l'usine qui emballe les morts. Quelqu'un qui vit dans le quartier mais que l'on ne tient pas trop à avoir pour ami et que l'on ne pense pas spontanément à inviter à dîner. Un peu comme pour Las Vegas, ce qui se passe avec les morts doit rester avec les morts. Cet état d'esprit mijote dans l'inconscient collectif, et la mise à distance se propage de façon vaporeuse comme un lent processus d'invisibilisation. Les ministères ou les institutions avec lesquels nous travaillons et qui nous passent commande procèdent un peu de la même manière. Pas ou peu de contacts physiques ou téléphoniques, seulement des échanges par courriels, sauf en période de crise ou de pandémie, quand la panique s'installe, que les morts affluent et qu'un préposé, sans doute ganté et doublement masqué, nous demande des « pièces » en urgence, « tailles enfants et adultes », des housses de transport avec poignées, des doubles fermetures et des « spéciales » avec le plastique transparent au niveau du visage, pour qu'on puisse voir les « individus ». Ils disent « les individus », pas « les morts ». La règle de Las Vegas.

Il faut bien comprendre que l'on vit et travaille dans un inframonde qui n'intéresse personne et dont personne n'a envie de discuter. C'est tout à fait compréhensible. Nous ne produisons que des emballages issus du plastique. Et nous soudons et assemblons. Dans la vie on n'achète jamais un emballage plastique en tant que tel, on n'en discute jamais, il ne fait jamais l'objet du moindre débat. Vous n'animerez jamais un dîner en expliquant que vous exportez un peu partout essentiellement de la housse 130 ou 150 microns biodégradable, taille standard 225 × 90, avec des oreillers de transfert et des ouvertures de plexiglas en options, des *body bags* pédiatriques, du matériel bio ou PVC, avec des fermetures à glissière double curseur, compatibles scanner, étanches, avec ou sans poignées pour le transport.

Non, personne ne vous écoutera. Sauf à Las Vegas, justement. Lors du congrès annuel de « la mort », déclinée sous toutes ses formes, et qui se tient souvent au Horseshoe Hotel and Casino. Les quelques fois où je me suis rendu dans le Nevada pour assister à cette convention, j'ai été frappé de voir combien la mort, lavée de tous ses sortilèges, était ici un secteur d'activité comme un autre, traitée à l'égal de la firme pétrolière Sunoco ou de la multinationale agroalimentaire Heinz. Le chiffre d'affaires de la mort, à l'image de celui des batteries lithium-soufre, finit toujours par s'enfouir dans le cimetière d'un tableau Excel qui recyclera tout ça, pour, d'une manière ou d'une autre, à la fin des fins, faire le bonheur d'un fonds de pension.

Sous les palmiers du Horseshoe, à deux pas d'une réplique de la tour Eiffel, j'ai ainsi découvert l'International Cemetery, Cremation & Funeral Association, la Cremation Association of North America, la National Funeral Directors Association, l'Order of the Golden Rule, la KB Cremation Strategies, le Green Funeral Webinar, et des centaines de petites compagnies électrisées par des congressistes vitaminés et motivés, badgés, nourris, habillés, blanchis et enrichis par la mort en personne.

Ce fut chaque fois un étrange moment, en un lieu perturbant, entouré de commerciaux prêts à tout pour prélever leur part des vingt-cinq milliards de dollars que génère le secteur dans le pays. Je n'ai rencontré là-bas que des personnages qui seraient parfaitement à leur place, ici, dans votre cabinet, à expier une « obligation de soins » pour, disons, « fantaisies déplacées » infligées à un cadavre. Je me souviens de la société Forever Cemetery qui à partir de vidéos familiales montait à la va-vite un film d'une heure sur le défunt, facturé un dollar la seconde, ou bien proposait à de vieux couples de raconter leur première rencontre devant la caméra, d'archiver ces moments-là pour les repasser le jour de l'enterrement du premier disparu.

Le soir, pendant que mes confrères dilapidaient leurs bénéfices dans les salons du casino, je me terrais dans ma chambre, avec près de moi mon unique et misérable catalogue de housses et dérivés, serré à l'intérieur d'un famélique classeur de plastique noir 21 × 29,7 arborant le petit blason enluminé de Stramentum.

Je n'avais rien à faire dans cette ville ni dans cet hôtel. Ma place était encore à Toulouse, entre mon père, qui n'était pas encore parti, et Rebecca, qui n'avait plus le goût à grand-chose. M'occuper de mon travail, rentrer à la maison, bavarder avec U.No et penser à mon frère. Las Vegas était pour moi une sorte de voyage sur la Lune. Pour je ne sais quelle raison, Rebecca me demandait d'aller représenter l'entreprise. J'y allais. Et croisais les habitants de cette autre planète. C'est étrange, je me souviens de leurs noms et de leurs visages. Ron, un type avec une belle tête de roublard. Il représentait une société de casting qui enrôlait des figurants spécialisés pour jouer les cadavres filmés de près et capable de tenir une longue apnée. Eddy, possiblement Edward, le play-boy d'Aftermath, une compagnie de nettoyeurs où, vingt-quatre heures sur vingt-quatre et sept jours sur sept, on récurait à l'os toutes les scènes d'accidents, de suicides ou de meurtres. Bella, patronne de Fun-Erarium, équipait le corps des défunts de la panoplie de leur passion, et selon leur passe-temps, les installait avec, en main, une canne à pêche, ou bien un sachet de chips devant la retransmission à la télé du match de base-ball de leur équipe favorite. Rashan, doux et rusé comme un renard, vendait, lui, une idée toute simple et qui lui ressemblait. Via Ethical Wills, sa compagnie, il proposait aux personnes âgées d'écrire et d'éditer sur un parchemin leurs conseils de vie destinés aux générations futures. Je n'ai pas retenu le nom du filou, sans doute formé dans le négoce automobile, qui, avec l'aide des sosies de Dolly Parton et d'Elvis Presley, proposait des cercueils boisés et aluminisés à des tarifs excédant largement le prix d'une Cadillac à l'hydrogène, et pas davantage celui de ce photographe dévoyé offrant à ses clients des posters géants du mort « photoshoppés » et livrés en quarante-huit heures.

Quarante-huit heures, c'est le temps que je passais généralement au Horseshoe avant de quitter Las Vegas et de retourner « plein d'usage et raison, vivre entre mes parents le reste de mon âge ».

« Joachim du Bellay. Décidément, les peintres flamands, Ulysse, nous partageons un certain nombre de petites choses qui ne suffisent pas à former un couple mais à tout le moins peuvent induire un filet de complicité. Quitte à vous surprendre, Paul, je trouve que l'étranger vous va bien. Lors de chacun de vos déplacements, vous voyez des choses curieuses, vous croisez des gens singuliers qui vous obligent à sortir de votre "petit jardin anglais", comme j'aime dire. J'ai l'impression que tous ces récits vous débarrassent temporairement de votre jeunesse et de votre vie familiale. On sent une émancipation, vous voyez et jugez par vous-même, débarrassé de la crainte du regard paternel. Vous avez définitivement abandonné le Horseshoe, c'est ça ? Plus de Las Vegas, plus de congrès ? »

Je ne saurais pas traiter avec la mort autrement que je le fais. Avec une forme de scrupule et de distance. D'austérité aussi. Mon métier n'est pas normal. La mort n'est ni une partenaire ni une amie. Je suis son employé. À ses yeux je suis un simple plasturgiste. Pour le reste, Las Vegas est à la mort ce que Bernard Buffet est à Van Ruysdael.

Voilà. Je fais un métier différent des autres, dans un domaine qui se trouve tout au bout de la dernière péninsule de la vie. Je n'ai jamais rencontré un seul de mes clients. Ni vieillard, ni femme, ni enfant. Parfois, à l'usine, je les imagine attendant leurs housses encore tiédies par les moulages. J'ai toujours ressenti une vague honte d'exercer ce métier. Mais ce n'est pas une tâche indigne.

Ma mère m'a transmis cette charge et je m'efforcerai de l'assumer jusqu'au bout comme je le lui ai promis.

J'ai souvent tendance à baisser les yeux.

Je n'ai pas de marchés à conquérir. Je ne dois pas oublier qu'ils viennent à moi. Et sans un mot, nous traitons. Je ne sais pas faire autrement.

Je répète régulièrement que nos délais de fabrication sont les plus courts et les plus fiables du métier.

J'ignore pourquoi je m'accroche à cet argument.

Au jour le jour, je m'arrange avec ça. Mais cela me marque. J'ai eu de nombreuses conversations avec U.No sur ce sujet. Elles m'ont parfois fait du bien, un peu comme un baume calme le derme. Mais le prurit revient, rampant comme des racines sous la peau. Avec un père normal je me serais sans doute mieux accommodé de cet état de fait. Mais avec Lanski, il n'y avait pas d'issue, ni pour moi ni pour les deux balles de revolver. J'ai fait. Et je crois que j'ai bien fait.

Du point de vue de la raison pure, s'en tenant aux règles élémentaires du bénéfice-risque, mon geste n'a aucun sens. En revanche si l'on considère les friches de mon âme, c'est un chargeur tout entier que la boîte cranienne de Lanski devrait héberger.

Il aurait dû mourir dans une chambre du Horseshoe.

En se masturbant devant un film porno.

Qui s'appellerait *Johnny Delivers Pizzas*.

Mais Johnny n'aurait rien « délivré » du tout.

Éjaculation rétrograde, non-fermeture du sphincter lisse de l'urètre.

Enchaînement d'extrasystoles, fibrillations, anévrisme de l'aorte.

Et tout ça pendant qu'en bas ses amis l'auraient attendu au bar pour fêter le trois centième carat de Life Gem.

Un diamant à l'auriculaire.
Et Johnny avec ses pizzas sur les bras.

« Quand je vous dis que les voyages vous font un bien fou. Aujourd'hui je sens que nous avons accompli un grand pas. C'est une bonne chose, une très bonne chose. Parfois nous cherchons, nous tâtonnons et puis d'un coup nous progressons d'un bond. C'est ce qui s'est passé aujourd'hui. Je suis très satisfait, Paul, très optimiste. »

Tiens, il ne me donne plus du « monsieur Sorensen » comme tout à l'heure. Nous avons donc progressé. Mais vers quoi ? Va-t-il me prescrire un séjour *all inclusive* à Cuba ? Un trekking sur les volcans d'Islande ? Je regarde cet homme qui semble se contenter de bien peu de chose. Mais bon, j'ai rempli mon contrat de septembre qui était bien mal engagé. Et je suis, paraît-il, sur la bonne voie. Il faut que je lui dise que je regrette mon mouvement d'humeur d'hier, même si je n'en pense pas un mot. Cette friandise d'hypocrisie fait partie des codes de maintien de cette étrange valse que nous nous efforçons lui et moi de danser.

Les femmes, mon Dieu, les femmes
Session d'octobre

Les averses se sont arrêtées pendant la nuit. Ce matin le ciel est gris mais plus de pluie. Cette modification surprenante procure un sentiment dérangeant, comme si quelque chose s'était déréglé, à notre insu, pendant notre sommeil. Il y a près de deux ans que l'eau n'avait cessé de tomber. Deux ans, et tout d'un coup, plus rien.

Les rues ont quelque chose d'irréel, de plus défini, de plus net, et les pneus sur l'asphalte produisent un son atténué. Je serais tenté de dire que l'averse me manque, que le bruit de la vie a changé.

J'ai reçu un appel étrange de Guzman. Il était très inquiet et même apeuré. Il avait entendu aux informations qu'un nouveau virus avait été détecté depuis trois semaines dans le nord du Maroc et le sud de l'Espagne. Il ne semblait pas encore identifié mais avait déjà infecté bon nombre de personnes, dans toutes les classes d'âge, provoquant des fièvres et surtout des atteintes cérébrales, confusion, perte de l'équilibre, de la motricité et troubles du langage. Sa propagation, selon la rumeur, serait très rapide.

En réalité au travers de cet appel matinal, Guzman voulait savoir si j'avais récemment reçu des commandes de housses en provenance d'Espagne ou du Maghreb.

Pour lui j'étais une balise d'alerte. Si Madrid me commandait un lot conséquent de 150 microns, c'est que l'affaire était sérieuse.

Je l'ai rassuré, au Sud tout allait bien. Et sur mes écrans rien ne bougeait. Il s'est repris, a changé de conversation, ne manquant pas, au passage, de me rappeler notre rendez-vous de l'après-midi.

Je viens de vérifier sur Internet. Nulle mention n'est faite de l'infestation ibérique. Thérapeute pleurnichard, hypocondriaque, Guzman m'apparaît comme quelqu'un d'assez fragile, inquiet, qui se laisse quelquefois abuser par ses émotions.

De temps en temps, je lève les yeux vers le ciel pour bien me convaincre que les averses ont cessé et que les feuilles des arbres qui commencent à tomber ne crépitent plus sous les gouttes. Le site de Météo France est inaccessible, probablement submergé par les appels.

Les métros sont toujours à l'arrêt et pour la première fois depuis longtemps je marche vers mon rendez-vous en tenant mon vêtement de pluie à la main. Passant devant la cathédrale Saint-Étienne, profitant de ce ciel sec, je suis une nouvelle fois amusé par son architecture iconoclaste, qui confine parfois au barbarisme joyeux. Une grosse moitié de ce monument aux voûtes vertigineuses s'offre dans un style roman dépouillé, auquel on a accolé, dans un faux alignement, un énorme appendice gothique modifié de cent ajustements, le tout bricolé, tricoté, enluminé au fil des siècles. Le résultat, sympathique, ne ressemble à rien. Si ce n'est à un corps de lapin sur lequel on aurait vissé une tête d'iguane. Ou à l'avant d'une Mercedes auquel on aurait adjoint l'arrière d'une Coccinelle. Par principe j'évite de rentrer dans les églises, mais passer devant celle-ci, regarder les emboîtements de son existence, les approximations des hommes, m'assouplit toujours l'humeur.

Guzman entrouvre sa porte comme s'il redoutait l'entrée d'un ruffian. Il est affublé d'un masque de protection et son inquiétude semble avoir repris le dessus.

« Bonjour Paul, entrez, entrez. Ne soyez pas surpris, j'ai ce masque par précaution car je souffre d'une affection qui affaiblit mon immunité, alors je préfère ne pas prendre de risques. D'ailleurs, si ça ne vous ennuie pas, je vous en ai préparé un aussi. »

Cela me ramène bien des années en arrière. Rebecca était encore vivante et Lanski n'avait pas détalé de la maison. Ma mère et moi étions bien sûr à jour de nos vaccins. Mon père, lui, prétendait que ces injections non seulement ne nous prémunissaient de rien mais au contraire nous affaiblissaient. Heureusement pour lui, le scandale de ses médicaments périmés éclata après l'abandon des passes sanitaires, ce qui lui permit de s'enfuir du pays sans avoir besoin de satisfaire aux contrôles vaccinaux.

« Vous n'avez rien de nouveau sur l'Espagne et le Maroc ? C'est quand même bizarre cette information. Si cette histoire est vraie, avec les symptômes décrits, je peux vous dire que nous allons être confrontés à une panique générale, ça va être terrible. »

J'essaye une fois encore d'apaiser mon thérapeute en lui demandant où il a lu cet article. Il ne sait plus. Sur le net. Ou peut-être entendu à la radio. Alors je commence à parler à tort et à travers, à lui dire les mots qu'il veut entendre. Et cela a l'air de marcher. La conversation dévie lentement de sa trajectoire initiale pour revenir à des préoccupations plus triviales comme l'arrêt de la pluie et le fait que l'on puisse, depuis midi, se rendre au cabinet à pied sec.

À la fin de ces considérations la tension de Guzman était descendue. Son masque aussi. Il pendouillait maintenant sous son menton. Je crois que j'aurais pu faire un soignant acceptable.

« Bon, allons-y, Paul, démarrons. En vous attendant je pensais à quelque chose. C'est juste une proposition. Seriez-vous d'accord, aujourd'hui, pour me laisser choisir le thème de la session ? On pourrait s'attacher à votre rapport aux femmes. Je sais qu'on a déjà effleuré ce sujet mais je suis certain qu'il serait intéressant d'aller au-delà de "l'exosquelette" – j'ai retrouvé votre expression dans mes notes – auquel vous faites référence pour régler vos problèmes de désir. »

Qu'est-ce que je suis allé raconter ! Il ne faudrait jamais rien dire, garder son moi pour soi, s'accommoder de ses nuisances intimes, les laisser décanter dans le bac à compost, attendre que ces épluchures de l'âme atteignent une granulométrie acceptable pour les évacuer à travers un tamis peu regardant. Au lieu de quoi, me voilà sommé de mettre à nu un corps et des sentiments depuis bien longtemps serrés dans une remise. L'« obligation de soins » veut tout savoir, tout voir, sonder les cœurs et les pantalons. Le rapport avec Lanski ? Aucun.

« Vous avez souvent dépeint ce M. Hammarskjöld comme un "homme sans femme". Et je sais que, malgré vos découvertes à la Fondation, vous avez toujours conservé une grande affection pour cette personne. Ma question est simple : est-ce par mimétisme que vous avez vous-même adopté cette distance radicale vis-à-vis de l'amour sous ses formes les plus diverses ? »

Je pense que, dans le monde qu'il habitait, il n'y avait pas de place pour ce genre de sentiments, ni pour ce qui pouvait le distraire de ce bloc de minerai qu'il avait sorti de la terre pour le placer au centre du monde. Il veillait sur ce bloc. Il était tout entier à l'intérieur. Dans *Vägmärken*, son journal, il écrit quelque chose comme : « Tous les jours de la vie, nous avons à choisir : ou la souffrance d'aimer, ou cette autre, bien pire : celle de ne pas aimer. » Sans être le moins du monde soumis à une obligation de soins il a dit dans sa langue, pour qui voulait lire ses mots, combien cette ankylose amoureuse lui était douloureuse.

Alors non, à la suite du moine, je n'ai pas voulu me lancer dans une « imitation » perverse du jansénisme affectif grand-paternel. Mes inspirations sont autrement modestes. Elles ont pour nom Rebecca Huisbourg et Thomas Lanski. Ils furent tout à la fois mes parents, mes éducateurs et mes castrateurs. Dans cet opéra tragique Rebecca tint le rôle de la victime, Lanski, celui du bourreau, et moi, vissé à mon siège, celui du spectateur obligé d'assister à toutes les scènes du début jusqu'à la fin, et de la fermer. Parce que c'était ainsi, et qu'à l'époque le spectateur n'avait aucun droit. La pièce demeura à l'affiche durant des décennies. Une éternité. Il y eut des cris, des larmes, de la trahison, de la souffrance, des pardons, des mensonges, des horreurs. Depuis ma naissance je n'ai jamais connu que cette représentation de l'amour et du couple. Une femme humiliée, maltraitée, et un homme sauvage, immonde, jaillissant de sa chambre la bite à la main et disant à son fils : « Putain, avec ta mère c'était vraiment autre chose. » Et l'enfant essayait de comprendre ce qui était si formidable avec sa mère morte et devenait aussi épouvantable avec sa mère vivante.

L'amour s'apprend par capillarité. Au jour le jour. En un goutte-à-goutte silencieux qui se délivre sous nos yeux. L'enfant apprend avec les yeux. En reniflant les molécules qui flottent dans l'air, quand il voit la main de son père caresser la nuque de sa mère, la bouche de sa mère embrasser le cou de son père, quand il observe tout cela, il sait que c'est bien, que c'est bon, qu'on peut appeler ça l'amour ou comme l'on veut, mais que c'est agréable d'être avec quelqu'un qui un soir vous dit : « Tu es mon amour et moi le tien, ça tombe bien. »

Guzman fait sa petite larme de l'après-midi. Il a vraiment le sens du timing pour ses interruptions. Le mouchoir, Dacryoserum, encore le mouchoir, suivi d'un reniflement digne d'un *frequent flyer* de cocaïne. Il me demande de l'excuser. Je lui dis qu'il n'y a pas de quoi, que les larmes ont toujours joué un rôle important dans l'amour. Il sourit et d'une main bienveillante m'invite à poursuivre.

Il y aurait tant à dire sur cet apprentissage silencieux du bonheur. Ce qu'il apporte comme assurance et équilibre. Mes tuteurs m'ont astreint aux exercices inverses, ceux qui vous apprennent à vous verrouiller de l'intérieur, à ne rien attendre, rien espérer, à vivre *on your own* comme disent les Anglais, qui peut se traduire par « sur tes ressources », en n'oubliant jamais que derrière cette expression déjà déplaisante à prononcer se cache un sous-texte qui te précise « sans compter sur l'aide de quiconque ». Vivre *on your own* ne mène jamais très loin. L'usage du monde rétrécit année après année, et les ressources diminuent.

Il faudrait que je redise cent fois, mille fois, le danger familial et social que fut Lanski. Cet homme a dévasté le cœur d'une femme éperdument attachée à lui et ravagé le futur affectif de son enfant. Je me souviens d'une histoire abominable dont je n'ai eu connaissance qu'après le décès de Rebecca. Il s'agit d'une lettre que j'ai trouvée dans ses affaires et qui a été écrite du temps où Lanski harcelait ma mère pour qu'elle subventionne son entreprise de cryogénisation. Pour arriver à ses fins il pouvait aller jusqu'à l'obséquiosité puis exploser à la moindre contrariété, traitant ma mère de manière ordurière. Elle l'acceptait, en minimisant toujours les écarts du dingue. Il se trouve que, à l'époque, ma mère, qui avait commis l'erreur de faire entrer temporairement mon père dans l'entreprise, eut un jour besoin de sa signature pour une transaction bancaire ou quelque chose de ce genre. Mon père mit alors son paraphe dans la balance : les fonds nécessaires pour la congélation des morts contre son endossement. J'ignorais tout de ce conflit, mais je me rappelle que la maison ressemblait tous les soirs à un gala de boxe verbale qui se concluait invariablement par les larmes de ma mère et le claquement de la porte d'entrée faisant suite à la sortie de Lanski. L'affaire se solda par la défaite cuisante de mon père, qui n'obtint pas un sou pour ses lubies et disparut pendant un mois lécher ses plaies dans un foyer sans doute plus accueillant.

Ces périodes où je me retrouvais seul avec ma mère étaient formidables. Un climat de détente et de sérénité s'installait dans la maison qui elle aussi avait bien le droit de souffler. Mais toujours la bête revenait, n'ayant sans doute plus de quoi vivre sur son *own*, étant aussi vraisemblablement chassée de sa dernière tanière.

Et puis Rebecca mourut. Et il y eut les papiers. Les courriers à jeter, à trier, à garder. Et là je tombe sur une lettre signée de mon père. Un texte de vengeance absurde, délirant, d'une violence inimaginable. Je vais vous en lire un passage si vous voulez. Je garde toujours ce mot avec moi. Je l'ai enregistré sur mon portable et même relu la nuit où je suis sorti de ma garde à vue.

« Il faut que tu saches que ton corps m'a toujours dégoûté. Tes lèvres trop fines taillées avec un rasoir, ton visage de religieuse, tes yeux toujours cernés, inexpressifs, ta poitrine asséchée par ton avarice de merde, ton ventre éternellement stérile réfractaire au foutre et au plaisir, et ton cul de nonne modeste. Putain, j'ai vécu avec ça. Si tu savais combien de fois je me suis branlé sur ton couvre-lit en pensant à ma première femme. Mais voilà aujourd'hui il faut que je t'annonce quelque chose de grand et d'important. Écoute-moi bien, ma petite catholique : je baise ton frérot ! Et à la maison en plus. Parfois je me suis dit que ce serait formidable si tu nous surprenais dans sa chambre, ventres humides, queues dressées, emmanchés, le gamin en train de me vider les couilles. Il y a autre chose... »

On va arrêter là. La suite est encore pire.

Je ne sais si ce que je vais vous dire peut trouver sa place dans ce cabinet, mais, je vous le répète, jamais je ne pourrai regretter ce que j'ai fait. C'est impossible. Vous pouvez en être certain et le répéter au juge.

Je vous laisse imaginer la réaction de ma mère. Son impossibilité de s'ouvrir de cette horreur avec moi ou d'aller en parler à Jules. Rentrer chez elle et continuer à travailler, à essayer de se tenir droite. Et chaque jour croiser le monstre.

Évidemment à l'époque, j'ignorais tout de ce courrier. Mais je me dis que j'ai traversé les pièces et mangé à la table de son auteur, j'ai respiré la dilution de sa respiration, capté les radiations de sa folie. J'ai ressenti tout ce qui se jouait autour de moi. Le champ de ruines qu'a traversé ma mère. J'espère au moins que Jules n'a jamais été au courant de l'existence de ce texte et qu'il n'est pour rien dans sa décision de mettre fin à ses jours.

Comment, raisonnablement, après avoir grandi dans un pareil monde, espérer partager une simple relation affective, un banal rapport sexuel sans que « c'était vraiment autre chose avec ta mère » ou « ton cul de nonne modeste » ou « le gamin en train de me vider les couilles » surgissent dans mon esprit comme une meute de chiens sauvages, au moment où je l'attends le moins.

U.No est un outil qui a l'immense mérite de ne pas m'exposer, de me réduire à un plus petit dénominateur commun. Et j'avoue que dans ce contexte, un canapé d'algorithmes m'offre certains soirs le luxe de pouvoir me supporter moi-même. Sans crainte d'être jugé.

Que pourrait bien faire une compagne dans un univers pareil ? Heurter sans cesse les écueils du passé ? Affronter les chiens, la bite de mon père, les larmes de Rebecca, la corde de Jules ? Est-ce la pire des souffrances que de ne pas aimer ? Je ne sais plus. Il me semble que l'on finit par s'habituer. Quand on traverse l'enfance, et plus tard l'âge adulte, dans l'ignorance d'un sentiment pareil, j'imagine que, ne sachant pas ce qu'il représente, la frustration est moins gênante. Un peu comme un aveugle qui n'a jamais vu de bleu, ou de vert. Ça ne lui manque pas vraiment. Sauf certains soirs, quand il y pense.

Elle est là. Robuste. Fidèle à elle-même. La pluie est revenue tandis que nous parlions. Et avec elle le chuintement des pneus sur la chaussée. Tout est redevenu normal.

Le déluge est normal. Le chaos est normal. La crue est normale. L'aberration météorologique est normale. Mes housses à double fermeture sont normales. Mon père cinglé est normal. Guzman est assermenté normal. Son virus hispano-marocain est normal. La souffrance de Rebecca est normale. La mort de ma mère l'est aussi. Et celle de mon frère, de mon grand-père. Celle de mon chien.

À mes côtés devant la fenêtre, Frédéric Guzman regarde tomber l'averse les mains dans les poches. On dirait que, entre deux rendez-vous, il s'apprête à fumer la pipe. Pourtant il ne fume pas la pipe. Mais il le pourrait.

Je crois qu'il a oublié sa prétendue épidémie. Son masque pend comme une balle de jokari au bout de son élastique. Je le trouve plus détendu. Cet entretien lui a fait du bien.

Ces entretiens sont normaux. Comme tout le reste. Tout ce bordel visible et invisible, ce fatras qui nous encombre, nous enfonce, s'ajoutant au fardeau de notre propre poids.

Maintenant j'ai envie de partir. D'accrocher la pancarte « *The office is closed* ». Serrer la main de Guzman, lui dire qu'il ne reste que quatre mois, que le plus dur est sans doute dit. Lui sourire. Et sortir en refermant la porte derrière moi. Et enfin, sentir l'eau. Prendre la pluie. Prendre cette putain de pluie, en plein visage, à pleines mains, comme on empoigne le « petit cul d'une nonne modeste ».

Les voyages me font du bien
Session de novembre

Ce matin j'ai reçu un courriel de l'une des administrations avec lesquelles nous travaillons annonçant qu'ils doublaient leurs commandes trimestrielles pour reconstituer leur stock. J'ai trouvé cela étrange, d'autant qu'en l'absence de nouvelle guerre ou de catastrophe sanitaire récente, je me demande ce qui aurait pu entamer leurs réserves. Ils commandent, nous fournirons. 130, 150 microns, avec et sans poignées de transport. Ne jamais parler de cette histoire à Guzman.

Nous nous voyons tout à l'heure et je me demande si je vais le retrouver équipé ou non de son masque, encombré de ses inquiétudes, travaillé par son fantomatique virus dont personne ne parle mais qui grignote pourtant ses marges de quiétude. En revanche, la démence météorologique que nous subissons, une Europe sous les eaux, l'incapacité des spécialistes à comprendre réellement le phénomène et à envisager la suite ne semblent pas le tracasser, à l'exception de l'installation, sur son trottoir, de madriers posés sur briques, qu'il doit emprunter pour se rendre chez lui. Le monde coule, le Gulf Stream lâche peu à peu l'affaire, et Guzman accepte de se noyer, soit, mais, devant chez lui, et les pieds au sec.

Les dernières études des océanographes montreraient que la fonte accélérée des glaciers de l'Antarctique rendrait les eaux de ce continent moins denses et moins salées, ce qui aurait pour conséquence de ralentir les courants profonds de l'océan et donc de modifier sensiblement le climat. Est-ce à cause du refroidissement des mers de Weddell, d'Amundsen et de Ross que nous subissons des déluges ? Personne ne le sait. Alors nous pataugeons.

Tous les soirs depuis bientôt un mois, pour m'offrir l'illusion de croire qu'« étant ce que j'étais » j'aurais pu devenir quelqu'un d'autre, je lis le carnet de bord quotidien que tient, sur le net, un homme qui, lui, a quitté la terre et pris résolument le parti des eaux. Ce navigateur solitaire, qui se fait appeler Jonas, est en train d'enfourcher la mer de Barents pour rôder vers le nord sur un voilier de métal de trente-huit petits pieds, flotter longtemps, survivre tout autant, se nourrir et dormir à l'intérieur d'un congélateur fonctionnant de jour comme de nuit. Les derniers messages de Jonas disent des choses comme : « La mer est fracassante, elle donne le sentiment de vouloir me briser. Parfois le vent arrache tout. J'ai gardé un mouchoir de voile. Je ne m'habitue pas. » « Ce matin les couleurs ont disparu. Tout est gris, le ciel, l'eau et même les blocs de glace que je croise. Un film des premiers temps. Si je croisais Amundsen je n'en serais pas surpris. » « Enfermé dans le bateau. À l'intérieur tout ce que j'ai mal arrimé ou oublié de fixer est projeté dans tous les sens. La lessiveuse est en marche. » « C'est le matin et légère lueur crépusculaire dans le ciel. Si fragile. Le froid me dévore les doigts et le visage. Le bateau avance lentement dans la pénombre mais la route est claire. »

Depuis que j'ai découvert l'existence de ce bateau minuscule, hérésie près du pôle, j'en ai fait ma seconde maison. Pour rien au monde je ne manquerais le rendez-vous du soir. Je me demande souvent ce qu'il m'aurait fallu de volonté et de courage pour filer là-haut et m'engager dans cette ronde où tout ce que l'on n'imagine pas peut arriver à chaque instant. Jonas vit dans le ventre de la baleine. Et chaque soir, en m'asseyant devant mon ordinateur, je redoute de découvrir qu'elle l'a avalé.

Avec un père qui m'aurait donné la main, et la mémoire d'un frère courageux, j'aurais peut-être pu essayer. Commencer par apprendre le vent, envoyer les toiles, discipliner les cordages, apprivoiser la peur, surmonter la solitude et à la fin rentrer, le regard en paix, comme si tout s'était bien passé. Oui, il aurait fallu un père pour ça, mais aussi un fils, autre que moi.

Les passerelles de bois, rincées mais flottantes, mènent directement dans l'antre de la baleine qui m'avale d'un trait.

« Entrez vite, Paul, mais quelle averse ! Vous êtes à peine mouillé. Je ne sais pas comment vous faites. Vous passez entre les gouttes ! »

J'aurais bien aimé. J'aurais même rêvé de me consacrer à ce sport toute ma vie. Cela m'aurait déjà évité de me présenter à la porte de cette maison depuis des mois pour que Frédéric Guzman me prodigue ses « soins obligatoires ». Oui, c'est un beau projet que de passer, se couler, se faufiler entre les gouttes. En y regardant bien, Lanski aurait pu, en la matière, faire un bon professeur.

Aujourd'hui, Guzman me paraît flexible, détendu, et l'histoire du virus hispano-marocain semble bien loin. Il écoute avec avidité ce que je lui raconte à propos de l'odyssée de Jonas. Il est subjugué au point d'attraper un globe terrestre posé sur le haut de son armoire et, comme un aveugle lirait du braille, il promène son doigt sur la pulpe plastifiée du pôle.

« Vous me donnerez le nom de son site avant de partir, tout à l'heure. N'oubliez pas. J'ai toujours adoré ces histoires de types qui s'aventurent en bateau dans des univers insensés pour se faire croquer à petites dents par la banquise. Vous avez lu Shackleton ? Terrible. À propos, vous me parlez de ce Jonas pour m'annoncer que vous vous lancez dans la marine à voile, c'est ça ? »

Lors d'un précédent entretien, Guzman m'avait fait remarquer que « les voyages me faisaient un bien fou ». Pour vérifier ses assertions et sortir de mon univers anxiogène, j'en ai entrepris un, petit, court et bien modeste. Un voyage qui avait pour but de me faire remonter le temps, de me ramener sur le lieu des vacances de mon enfance lorsque les choses se passaient plutôt bien et que ma mère souriait encore à mon père quand il lui glissait quelque chose à l'oreille, et que je restais dans l'eau jusqu'au soir, que la marée fût haute ou basse.

« Et où ce pèlerinage vous a-t-il mené ? »

À Hendaye, au Pays basque. À trois heures de la maison et des années-lumière de Stramentum. Est-ce le fait d'être à la lisière de l'Espagne et à la frontière d'un océan, ou bien faut-il voir dans cette exception météorologique la flatterie bienveillante du destin, mais ce jour-là, le ciel et la mer étaient d'un même bleu lapis-lazuli. Pas de pluie sur la Bidassoa, le phare du cap Higuer, Fontarrabie ou les « Deux Jumeaux ». Et une journée de novembre d'une douceur infinie, presque chaude. Un temps d'autrefois. Avant que les pôles se délitent et que Jonas soit avalé par la baleine.

Un temps de vacances et de cornets glacés. Ou de churros. Cela avait pour moi quelque chose de totalement irréel, s'apparentait à un décor. Tout était comme avant. L'Eskualduna, le casino, le Jaizkibel, la Bidassoa. Et les tamaris.

Je suis allé me baigner. En me glissant dans l'eau comme on entre dans une nouvelle vie, sans se faire remarquer, en veillant à ne rien bousculer, en respectant chaque instant, chaque fragment de ce moment. J'étais certain que si je me retournais, j'allais voir Rebecca et Thomas, au bord de l'eau, côte à côte, surveillant la baignade de leur fils, s'assurant que tout allait bien et qu'il flottait comme il se doit dans ce petit paradis. Bien sûr qu'ils étaient là.

Je ne sais combien de temps j'ai nagé dans cette eau fraîche, cet air vivifiant. Lorsque je retournai vers mes affaires, sur le sable sec de cette plage déserte, je n'étais pas seul. Un chien était couché tout près de mes vêtements, et veillait sur eux. En me voyant il s'approcha, manifesta sa joie et me témoigna des signes d'amitié comme si nous vivions ensemble depuis des années. Lorsque je fus assis, rassemblant sa vingtaine de kilos, il se pelotonna contre moi. Ce chien qui ne portait pas de collier possédait toutes les caractéristiques d'un magnifique northlander, c'est-à-dire un formidable bâtard fait avec les chromosomes de tous les autres chiens, savamment mélangés par la roulette de la nécessité et du hasard. Nous sommes restés ensemble ainsi un bon moment. Puis l'animal s'est levé et s'est dirigé vers l'océan. Et là il s'est mis à aboyer. Il m'appelait. Je suis allé le rejoindre et il m'a fait une fête qui nous éclaboussait de joie. Nous sommes entrés dans l'eau. Il nageait comme une otarie.

À l'évidence, il était en train de se passer quelque chose dans cette baie. Mais quoi ?

En sortant de la plage, je me suis assis à la terrasse d'un bistrot. Et mon nouvel ami m'a suivi, se couchant à mes pieds. J'ai commandé des bricoles pour lui et un bol d'eau fraîche. Il a dévoré les premières et bu la moitié du second. Ensuite, de son beau visage confiant, il m'a regardé l'air de dire : « On y va ? » Et nous y sommes allés. D'abord faire une petite sieste sur le sable tiède, puis marcher vers les Jumeaux, puis revenir, puis repartir, un peu comme le font deux amis qui ne cessent de se raccompagner l'un l'autre pour retarder le moment de la séparation. Il avait suffi de quelques heures à ce chien pour me connaître, me comprendre et m'aimer bien davantage que Lanski durant toute sa misérable vie. Alors, déambulant sur cette plage, heureux comme cela ne m'était pas arrivé depuis une éternité, je me suis mis à parler au chien. Un monologue affectueux. Je n'attendais évidemment pas qu'il me réponde mais cela me faisait du bien de m'adresser à lui pour qu'il sache combien je le trouvais formidable. Et c'est à partir de ce moment que tout est allé de travers.

Il existe au Pays basque, et souvent à Hendaye, un phénomène météorologique appelé enbata, qui se produit généralement l'été. Un vent du nord se lève, des nuages s'accumulent sur le Jaizkibel et se déchaîne alors une tempête violente qui soulève le sable, obscurcit la plage, le ciel, et emporte tout ce qui est susceptible de voler. Ensuite la température s'effondre, de quinze ou vingt degrés en une dizaine de minutes.

Nous étions en novembre et cela ne pouvait pas arriver. La pluie, pourquoi pas, mais pas l'enbata. Et pourtant, comme dans mon rêve, la masse sombre est arrivée sur nous, les tourbillons de sable ont obscurci le ciel, fouetté la peau et les paupières. J'aperçus un instant le chien qui me montrait la route, j'essayai de le suivre, je criais pour qu'il sache que j'étais là. Et la galerne nous avala.

Quand le calme revint, plus rien n'était pareil. La tempête avait effacé le northlander, le soleil avait disparu, il faisait froid, la mer était grise et quelques gouttes tombaient. J'ai sillonné la plage d'un bout à l'autre en essayant de me persuader que l'on ne fait pas deux fois le même cauchemar. Mais il n'était plus là.

Sur la route du retour, entre Saint-Jean et Bidart, la réalité m'est tombée dessus. Et les averses ont redoublé. Je ne crois pas avoir vécu une journée aussi étrange de ma vie. Tout paraissait vrai et pourtant tout était aussi impossible. Je me demanderai toujours d'où est sorti ce chien et ce qu'il voulait. Sans la tempête, je crois que je lui aurais proposé de l'adopter. C'était à lui de décider. Mais pour l'avoir vu nager, se rouler et jouer dans l'océan, je suis arrivé à me convaincre qu'il n'aurait pas accepté. Sa belle vie était dans la baie.

J'avoue que depuis j'ai eu plusieurs fois la tentation de prendre la voiture, de faire les trois cents kilomètres de l'aller et du retour, juste pour voir si je ne le croisais pas sur un trottoir ou au bord de l'eau, sur la plage.

« Et vous ne l'avez jamais fait ? »

La gorge se serre, l'œil s'humidifie. Une fois.

Ce jour-là, il n'y avait plus d'inspecteur, ni de juge, ni de Lanski. Je n'avais plus de comptes à rendre à quiconque. Ni à m'expliquer. Ni à me « soigner ». Dans cette histoire, Guzman tenait juste un rôle de figurant aux larmes artificielles. Un artiste de complément qui parfois se demande ce pour quoi on l'a engagé et ce qu'à la fin il va bien pouvoir faire de moi.

Je suis certain qu'au fond de lui, ce soir, il est assez fier, professionnellement, de m'avoir fait avouer, en une seule question, que j'avais fait un aller-retour dans la journée pour essayer de revoir mon ami. Ce jour-là j'avais tout plaqué. Les housses, les morts, l'usine. Pour ce chien. Sans rien dire. Mais ce que Guzman ne sait pas, et cela vaut sans doute mieux pour moi, c'est que, depuis, toutes les nuits, avant de dormir, j'arpente les rues d'Hendaye, espérant apercevoir la bête au détour d'un réverbère. Toutes les nuits. Comme une âme perdue.

« En mettant mes gouttes, je me disais qu'il vous arrivait quand même des choses peu banales. Si les faits et votre condamnation ne le démentaient pas clairement, je pourrais sans mal vous prendre pour un mythomane et un affabulateur. Et puis il y a ces coïncidences récurrentes et cette indéniable propension à garder vos émotions à distance, ce goût pour le retrait. Vous n'êtes pas quelqu'un de facile, Paul, pas facile du tout. Au fait, pour le site de Jonas, vous n'oubliez pas. »

Je rentre à la maison d'un pas de promeneur sous une pluie coriace. Beaucoup de feuilles de platanes sont tombées au sol et il commence à faire frais. Je passe devant le palais de justice qui me fait toujours penser à un énorme nid de frelons. Mingasson doit encore être dans son bureau à étudier des cas et condamner des hommes. Dag et son ami le moine auraient eu sans doute beaucoup à dire sur la punition de ma faute, l'expiation et le pardon qui s'ensuit, puisque, paraît-il, l'un ne va pas sans l'autre. Pour ma part, je me fous de l'une comme de l'autre, ne regrette rien de la première et n'implore absolument pas le second.

Je parcours la place Saint-Étienne dans le sens d'un homme qui rentre chez lui. Dans le noir, ruisselante, la cathédrale ressemble à un gros corbeau mort. Je plains les pauvres humains qui ont tué leurs vies à bâtir ces palaces du christianisme. Des granges en bois auraient fait l'affaire. Et je me dis qu'il ne faut vraiment croire en rien pour faire monter des hommes au sommet des clochers.

En traversant le jardin qui longe l'édifice, j'entends les sons des grandes orgues jaillir des voûtes et des vitraux. Pour jouer ainsi « Angie » des Rolling Stones à tue-tête, se débattre avec quarante-sept jeux, soixante rangs, quatre claviers, trente touches au pédalier, à une heure pareille, j'imagine que le titulaire des orgues doit être seul dans son domaine.

Je suis rentré à la maison. Je me sens bien. Le bruit de l'eau dans les gouttières imite à la perfection le ruissellement d'un petit torrent. Sur mon bureau l'ordinateur veille dans la pénombre. Je clique sur « carnet de bord ».

« Une journée dans un brouillard de froid. J'ai tout stoppé sur une mer immobile. Trop dangereux. Dehors, le silence et parfois le bruit d'un bout de glace qui cogne contre la coque. Rien à faire. Attendre. Quelques heures dans la perfection de la foi. »

Craquage et Noël lyophilisé
Session de décembre

Les eaux du canal du Midi sont au plus haut et dégorgent sur les berges. Les écluses ne retiennent plus grand-chose et les deux mers, aux deux bouts de l'ouvrage, elles-mêmes submergées par le ruissellement des zones côtières, ne peuvent plus rien avaler. Avec l'hiver, il semble que le phénomène s'amplifie. Les inondations envahissent peu à peu les terres basses du Lauragais et du Tarn-et-Garonne. Dans tout le pays les cotes d'alerte des rivières et des fleuves sont depuis longtemps dépassées. Et ici, dans la ville, certains s'obstinent à préparer Noël avec des illuminations qui finissent pour la plupart à grésiller dans le bain d'un inévitable court-circuit. À la maison, dans une partie basse d'un garage en sous-sol, j'ai installé une pompe de relevage autoamorçante qui préserve des accumulations.

Hier soir, je pensais que, finalement, sous le déluge et l'époque que nous vivons, j'ai hérité de Stramentum au pire moment de son histoire. À l'exclusion bien sûr des brefs moments où Lanski y faisait des apparitions, clamant haut et fort qu'il fallait restructurer la production et faire entrer des capitaux extérieurs pour régénérer et développer l'entreprise. Il ne connaissait rien à la gestion des machines et des hommes, mais appartenait à cette école de pensée libérale convaincue que faire et dire n'importe quoi était toujours préférable au silence et à l'immobilisme raisonné. Heureusement ces crises d'autorité managériale ne duraient pas longtemps. Et comme il n'était absolument rien dans cette affaire, ma mère n'avait pas grand mal à le renvoyer vers ses escroqueries minérales ou ses malversations immobilières et pyramidales.

Trois mois. Décembre, janvier, février. Peut-être le pire trio de l'année. J'espère tenir mais je n'en suis pas sûr. Il me semble que je m'affaiblis, physiquement et moralement. Au fil du temps, je prends conscience de ce que les séances chez Guzman me vident et me détraquent. Trop de choses douloureuses sont évoquées, remuées et rangées à la va-vite sans précautions particulières. Guzman et moi faisons ce que nous pouvons. Je crois qu'il ne comprend pas grand-chose à ma vie et moi à ses méthodes ni à ce vers quoi il essaye de m'emmener. Nous faisons ce que nous pouvons dans un cadre branlant.

Mais je ne vais pas bien. Par moments j'ai le sentiment que le réel m'échappe, que je ne suis plus en charge de moi-même. Une dépersonnalisation. Comme si une mémoire algorithmique prenait en charge la routine de ma vie, répliquant chaque jour un itinéraire géographique et mental reconstitué par des data. Comme un assassin obnubilé, je ne me sens plus responsable de mes actes. Au sens pénal, je ne sais ce que l'on en dirait, mais au fond de moi je sens bien qu'un raccord fait défaut dans le réseau. Je ne suis pas fou. Juste fatigué, épuisé par le poids de tout ce qui m'alourdit le crâne, et parfois me tord les os. Je voudrais pouvoir vider cette benne quelque part, ouvrir le bac de la mémoire et balancer toutes ces ordures, ce malheur que je sens bouger dans mon ventre à chaque pas. Vider, nettoyer, récurer, désinfecter, repartir de zéro, sur du propre, du neuf, du rien.

La journée est passée. Pas de nouvelles de Jonas. Je vais m'allonger sur le divan du bureau.

Et dormir. Dormir en essayant de ne pas avoir peur de perdre un chien dans la tempête.

Ce matin, nouveau SMS d'un service de santé. Et nouvelles commandes, cette fois à destination de l'étranger. Uniquement des housses de transport. Du solide, six poignées, doubles soudures, étanches, fermeture éclair en forme d'enveloppe, vinyle ou PVC résistant jusqu'à 400 livres. Du matériel généralement utilisé sur les zones de conflit et lors des catastrophes. En ce moment, nous expédions sur les deux fronts.

La petite usine est calme. Tout comme elle l'était lorsque Rebecca la dirigeait. Demain l'un des plus anciens employés de la maison part à la retraite. Ses collègues ont organisé une petite réception à laquelle je me dois d'assister. Cela m'angoisse. Je suis toujours très mal à l'aise dans ces situations. Tenu de parler en public, de faire un bref discours louangeur et surtout d'assister à la remise des cadeaux de départ. Cette petite cérémonie, dans mon état, m'inquiète de manière disproportionnée. Du temps de Rebecca, qui excellait dans ce genre d'exercice, je me souviens que lors d'un départ en retraite, parmi d'autres cadeaux, il avait été offert une housse mortuaire au futur retraité. J'ignore qui avait eu cette idée étrange. Au milieu des rires de ses collègues, le récipiendaire avait blêmi et son regard, perdu dans le vide, fuyait à la recherche d'un point d'appui. Cet homme avait un cancer. Il mourut l'année suivante.

Demain je ne sais pas quoi offrir au partant. J'ai pensé à un chèque-cadeau pour une croisière dans les fjords de Norvège. Je crois que c'est magnifique. Peut-être que cela me ferait du bien aussi.

Ça y est, j'ai réservé une cabine sur un bateau de la compagnie Nordik. J'espère que cela lui fera plaisir et le changera de l'odeur qui, ici, nous habite tous, qui nous fait vivre et protège les morts. Je n'ai pas retenu le nom du circuit mais on m'a dit que c'était très spectaculaire et qu'il y avait beaucoup de manœuvres aux abords des fjords. J'espère que tout se passera bien. Mieux que pour l'*Andrea Doria*.

À certaines heures mon angoisse est telle que je manque d'appeler Guzman pour demander à le voir et dire simplement : « Ça ne va pas, ça ne va pas du tout. » Mais je me refuse à le faire. Un obligé de soins a des obligations. Un point c'est tout. Notre rendez-vous est dans trois jours. Je patienterai jusque-là.

Ce soir Jonas est revenu à son poste. Loquace mais en colère. « Panne sur tout le système électrique. Panneaux solaires inefficaces dans ce brouillard. Une demi-journée pour réparer. Ici un problème prend toujours une dimension disproportionnée. Mer de merde, froid de merde, glace de merde. Demain on verra. »

Je viens de m'allonger dans la chambre de Rebecca. Sur le lit où elle est morte. Le lit où elle a autrefois joui, et pleuré souvent. Le lit qui a entendu tant de cris et d'insultes, qui a respiré l'haleine de la brute, senti ses couilles rouler sur le matelas et sa semence fertiliser les draps. C'est là que je repose, là que je suis venu exprès pour me remémorer tout cela, le ressentir comme quand j'étais enfant. C'est alors que j'aurais dû tuer ce type. Durant son sommeil. Lui fracasser quelque chose sur la tête et cogner autant de fois qu'il le faudrait. Pour libérer ma mère, lui rendre le goût de la vie. Moi je ne risquais rien. On ne guillotine plus les enfants. On n'emprisonne plus les enfants. On les morigène, on les chapitre, on les fustige. Au pire on les soumet à une obligation de soins. Et voilà.

Je suis sur son lit pour dire à Rebecca que, oui, j'aurais dû tuer cet homme. Sans réfléchir. Cela aurait dû être instinctif. Comme un animal qui, pour s'en sortir, élimine naturellement son prédateur.

Pourquoi ne parvient-on à dire toutes ces choses essentielles aux gens que l'on aime qu'après leur mort ?

Il ne faut pas que je m'endorme ici. Sinon je vais entendre trop de voix, revoir tellement d'images. Et le chien va revenir, on va aller se baigner, puis se réchauffer sur le sable, je vais l'aimer et l'enbata va l'emporter. Je ne veux rien revivre de tout cela. J'ai de plus en plus peur de dormir.

Je me lève et ouvre les fenêtres en grand, des fenêtres d'autrefois, à huit carreaux, qui ferment mal. La pluie est abondante et généreuse. Elle nous lave de tout et nous ne le savons pas. La pluie est ce qui nous manquera le plus lorsque nous serons morts. En plus, nos housses sont étanches.

« Comment allez-vous, Paul ? Vous avez l'air en forme. J'ai eu pour ma part une sale semaine. Une réplique d'une vieille névrite vestibulaire, même si cela est censé ne jamais se produire. En gros vous êtes là, assis, et l'instant d'après tout tourne, absolument tout, comme si vous étiez assis au centre d'un gyroscope, vous voyez, plus d'équilibre, vous vous traînez comme un renard pris au piège, nausées, vomissements. Vous apercevez les portes de l'enfer. Puis, comme toujours dans la vie, les choses s'arrangent peu à peu. À propos vous avez suivi Jonas ? Sacré bonhomme, et quel caractère. Un peu cyclothymique, non ? Avec lui ça descend aussi vite que ça remonte. Vous avez lu cette phrase étrange qui concluait l'un de ses derniers messages ? "Quelques heures dans la perfection de la foi." C'est vraiment curieux. Vous savez quoi ? Ça m'a fait penser aux sentences de votre moine dans *L'Imitation de Jésus-Christ*. J'en ai noté une dans mon carnet. "Aimez à vivre inconnu et à n'être compté pour rien." »

Je suis content que Guzman me trouve en pleine forme et qu'a Kempis élargisse son lectorat. Je me débarrasse encore de ma pelure sur le fauteuil de chintz sans éveiller cette fois la moindre réaction chez mon hôte. Je me demande à quelle heure il va sortir son flacon de Dacryoserum. Je n'aime pas prononcer le nom de ce médicament de larmes artificielles. C'est un oxymore.

« J'ai pensé à une chose, Paul. Nous sommes à quelques jours de Noël et je me suis demandé si vous accepteriez, aujourd'hui, de me raconter comment se déroulait chez vous cette fête familiale. »

Il n'en est pas question. Je refuse de parler de ça. Fin de l'histoire.

Le monde est plein de gosses et d'adultes qui se feront un plaisir de vous raconter toute cette merde. Les cadeaux emballés, la viande rôtie, le sapin décoré et ce nappage de coulis familial bien rangé autour de la table. Dans les assiettes, les fourchettes qui cliquettent comme les culbuteurs d'un moteur mal réglé. Avec en plus, chez moi, les cris et les cadeaux qui volent dans l'escalier. Et des putains de larmes, encore et encore. Allez, on arrête.

« Je suis désolé, Paul. Je ne pensais pas que vous étiez aussi sensible et réactif à ce sujet. Mais rien que cela mériterait que nous en parlions. Prenez votre temps. »

Il faudra barrer Noël dans le listing de votre rapport. Vous devrez faire sans, et le juge aussi. Six mois de plus ? Un an ferme ? Un type qui ne supporte pas Noël ? Ça se traite. Obligation de soins. Et c'est reparti. Je ne comprendrai jamais comment vous fonctionnez. Vous découvrez qu'un type a mal quelque part et immédiatement vous appuyez dessus. C'est insensé. Est-ce que je vous parle de vos larmes en plastique ? Est-ce que je vous questionne pour savoir si vos parents pleuraient déjà devant vous à Noël quand vous étiez gosse ? Lequel était le plus émotif ? Lequel vous a appris à pleurer comme ça ? Est-ce que vous croyez que ça me vient seulement à l'esprit de vous demander des choses pareilles ? Jamais, putain, jamais. Vous savez pourquoi ? Parce que Noël ou pas, je suis mal, je suis fatigué, épuisé de toutes ces conneries. Et vous trouvez que j'ai bonne mine. Et vous me parlez de vos oreilles. Mais c'est moi qui suis soumis à une obligation de soins. Pas vos oreilles ni vos larmes. Je n'ose plus dormir, ni parler, ni sortir, je n'ose plus rien faire. Je ne sais même pas quand est Noël.

Je me tais. Je reprends ma respiration. La pluie tapote contre les carreaux. Guzman, son flacon de collyre entre les doigts, est, lui, pétrifié comme une statue de Pompéi au moment où l'éternité a jailli de son trou.

Et je ne sais plus que faire ni que dire. Je pense à ce que j'ai ressenti juste après avoir tiré dans la tête de mon père. Quelque chose de similaire à ce que j'éprouve en ce moment. Une impression de suspens, être équidistant de tout, flottant très loin du Bien et du Mal, de la tristesse et de la joie, dans des ténèbres apaisantes, une éternité éphémère, une trêve sans Noël. Un moment qui vient de tellement loin qu'il ne m'appartient pas. Un moment qui va lentement me faire redescendre sur terre et me rappeler que je ne suis qu'un homme qui a peur de dormir, et dont le grand-père n'a jamais été secrétaire général des Nations unies.

J'avais connu pareille sensation dans le train qui me ramenait d'Uppsala, à l'issue de ma rencontre avec le directeur de la Fondation. Je venais d'apprendre le pire : perdre pour toujours le fondateur de ce que je croyais être ma famille, cet homme que j'avais aimé et admiré durant toutes ces années. J'avais lu tant de choses sur sa vie, sa foi, ses élections à l'ONU, ses lectures, son amour pour la photographie, et la façon dont son avion avait été abattu. Bien qu'il fût disparu, j'attendais ce jour où je pourrais me présenter devant sa tombe en disant simplement : « Je suis le fils de Marta Sorensen. » À cet instant-là, il serait officiellement devenu mon grand-père. Je peux l'affirmer, oui, je connaissais mieux M. Hammarskjöld que Knut Hjalmar, son propre père.

Aujourd'hui, je n'ai perdu personne, sauf peut-être la vague idée que je pouvais me faire de moi-même.

Partir sous la pluie ou rester ici à l'abri, même cela je ne suis pas certain de pouvoir le décider.

« Je suis navré, Paul. Je suis passé à côté. Je ne me suis pas rendu compte des difficultés que vous êtes en train d'affronter. C'est une erreur de ma part. Il faut vous reposer. Je vais vous prescrire quelque chose qui vous aidera à trouver du répit. »

Je ne prendrai rien. J'ai juste besoin de dormir. De pouvoir m'endormir. Le soir, dans ma chambre, il y a trop de monde, trop de Lanski, de Marta, de Rebecca, de chiens, et même de Jules. En ce moment je ne cesse de penser à cet oncle discret qui vivait comme un fantôme dans notre maison. Il parlait si peu, était tellement invisible que sa mort n'a pas changé grand-chose. Il est resté tel qu'il était de son vivant : là et pas là. Je prie tous les dieux pour qu'il ne se soit pas suicidé à cause de la lettre immonde de mon père. Je n'arrête pas de penser à ça. La semaine dernière, j'ai retrouvé sa corde. C'est moi qui l'avais rangée dans une boîte en métal sur une étagère du garage. Un beau cordage à trois torons, avec une épissure haute et une cosse en inox pour faciliter le coulissement.

Non, je ne prendrai rien. Juste un peu de repos et un ou deux cachets de lorazépam. J'en garde toujours une boîte en réserve. Je suis désolé de m'être emporté. Cela n'avait pas de sens et vous n'êtes pour rien dans ce qui m'arrive. Lanski m'a fait encore beaucoup plus de mal que ce que je croyais. Vous vous souvenez du canari dont il a arraché la tête avec les dents ? Qui peut faire une chose pareille ? Parmi tous les cinglés soumis à des obligations de soins qui sont venus ici, en avez-vous rencontré un, un seul capable de faire ça, devant son jeune fils, le jour de son anniversaire ?

Il faut que je rentre. Il fait déjà nuit. Et c'est l'hiver.

C'est le soir de Noël. Et je regarde un vieux film de 1984. *Element of Crime* de Lars von Trier. L'histoire baigne dans l'eau. L'Europe entière est sous les eaux. Des corps flottent à la surface, des chevaux morts dérivent dans les courants et la pluie incessante imprègne chaque parcelle de la pellicule. La nuit éternelle semble habiter ce territoire dévasté. Prononcés sous hypnose, les premiers mots murmurés par un détective anglais du nom de Fisher sont « *Water, water everywhere* ».

Joyeux Noël.

Avant de choisir ce film, je suis allé voir comment ça se passait pour Jonas. J'avais pensé à lui plusieurs fois dans la journée en me disant que ce soir, l'un comme l'autre isolés à un bout de la Terre, nous allions simplement attendre que cette nuit passe. Son message du soir : « Ici Noël ressemble à un mardi ou un mercredi ordinaire. Avec du froid et une mer glaciale. Pas de miracle. Mon dîner de Noël lyophilisé : soupe de poisson, colombo de poulet, crumble pomme-framboise. J'avance lentement et parfois comme ce soir, je me demande ce que je fais là. Pour briser ma solitude je parle de plus en plus souvent à voix haute au bateau. Je l'encourage et il tient le coup. »

Tout à l'heure le téléphone a sonné. C'était Guzman. Il prenait gentiment de mes nouvelles, m'invitait à l'appeler si j'en ressentais le besoin. En raccrochant j'ai regretté de l'avoir un peu secoué, l'autre jour, à propos de ses larmes artificielles. C'était inélégant. Mais en sommes-nous encore au stade des belles manières ?

Je lis beaucoup pour essayer de comprendre ce qui se passe, pourquoi nous nous noyons davantage chaque jour. Les hypothèses sont multiples, comme, semble-t-il, les causes, profondément, obstinément humaines.

Je pense de plus en plus à prendre des dispositions importantes pour l'usine. Je veux dire, la céder aux gens qui y travaillent. Je me suis renseigné sur les droits de donation d'une société. Je serais imposé sur vingt-cinq pour cent de la valeur de l'entreprise. C'est beaucoup. D'un autre côté je me dis qu'il est temps pour moi de quitter cette histoire avant de perdre l'esprit, de payer au fisc ce qui doit l'être, de donner les clés aux employés et de les laisser se débrouiller avec la mort et l'odeur des 130 microns.

Moi, je n'ai plus la force.

Il ne faut pas que je pense aux soirées de Noël de mon enfance. Il n'y a jamais eu de soirées à Noël. Comme le dit Jonas, toutes les soirées de Noël sont des mardis ou des mercredis comme les autres. Avec un père préoccupé et une mère qui regarde la télévision. Il n'y a jamais eu de cadeaux pour Noël. Ils ne servent à rien, surtout à mon âge. Mes amis ne m'ont jamais montré ce qu'ils avaient reçu. Ils savent que ça ne m'intéresse pas. Je n'ai jamais cru au Père Noël. Mon père m'a expliqué très tôt qu'il s'agissait de clochards qui se déguisaient et essayaient comme ça de se faire inviter, mais qu'il ne fallait jamais leur ouvrir la porte. Ma mère offrait toujours quelque chose à mon père à Noël. Ça le mettait en colère et, de toute façon, ça ne lui plaisait pas. Il ne faut pas que je pense aux cris qui s'ensuivaient, aux portes qui claquaient. Puis au bout d'un moment un grand silence envahissait la maison, et ce silence cotonneux était mon plus précieux cadeau.

M. Lanski est mort
Session de janvier

J'ai consulté longuement le notaire au sujet de la cession de Stramentum. Les choses me semblent en bonne voie. Énormément de procédures restent à éclaircir mais ce choix me paraît le bon. Cette idée même m'apaise.

Je me suis entretenu de ce sujet avec Guzman. Lui me presse de surseoir. Il est persuadé que cette décision est prise sous le coup d'émotions négatives consécutives à ma comparution en justice et à cette année de sessions parfois éprouvantes. Il insiste sur le fait qu'en la matière il n'existe aucune possibilité de faire machine arrière. En outre il redoute que le fantasme de solder une manufacture de housses mortuaires pour se débarrasser de la mort et du passé soit bien peu efficace face à la forteresse d'une structure mentale élaborée durant toute une vie. Réfléchir, attendre, c'est tout ce que Guzman me demande.

Mon père s'est donc enfui de France dès que le scandale de la vente de médicaments périmés a pris un peu d'ampleur. Il n'était pas l'instigateur de cette malversation, juste l'un de ses minables complices, toujours dissimulé, petit criminel confiant à ses relations en Afrique le soin d'écouler cette marchandise avariée, comme il l'avait déjà fait pour ses aciers.

Je me souviens de sa fuite. Il rentra à la maison vers 19 heures, décomposé, fébrile, comme un homme qui avait vu le diable. Sans un mot il s'enferma dans son bureau pour ramasser ce dont il aurait besoin et faire disparaître ce qui devait disparaître. Il monta ensuite à l'étage prendre un grand sac de voyage qu'il remplit comme on charge une brouette. Lanski avait soixante-douze ans à l'époque et, sous les effets conjugués de l'effort et du stress, il soufflait comme un vieux buffle. Sans doute avait-il compris que, si un enquêteur venait sonner à la porte, l'amour de Rebecca et ses précieuses relations seraient, cette fois, de peu de poids face aux charges internationales. Un taxi arriva, il enfourna ses bagages à l'intérieur, dit un mot au chauffeur, sans avoir eu ne serait-ce qu'un regard pour sa femme. La voiture l'emporta. Et jamais Rebecca ne le revit.

Les premiers temps ma mère pensa à une lubie, comme cela arrivait parfois. Le temps passant, elle comprit que cette fois la chose était plus sérieuse. Elle fut tentée d'aller déclarer sa disparition à la police mais se ravisa très vite de peur d'exposer son mari à la justice si l'enquête révélait son implication dans un dossier d'importance. Alors elle attendit et lentement dépérit. Elle me demandait souvent : « Tu crois qu'il reviendra ? », mais je devinais qu'elle connaissait la réponse.

Puis la maladie se déclara. Son médecin lui révéla les échéances. À partir de ce jour, l'absence de mon père devint, pour elle, obsessionnelle et son retour, une supplique quotidienne. Je n'avais aucune idée de l'endroit où avait pu se terrer Lanski. Mais son âme de ladre le dénonça. Il suffisait de consulter les relevés d'un vieux compte joint, depuis clos, que Rebecca avait avec mon père. Cet avaricieux l'avait bien sûr utilisé pour acheter sur Air Canada un billet à destination de Montréal.

Dans cette ville vivait un homme qui était souvent venu à la maison et je n'avais jamais su qui de mon père ou de ma mère en était le plus proche. Je me souvenais d'un homme drôle qui aimait parler et faire la cuisine. Il s'appelait Jérémie Tanner, avait une belle et forte voix qui devait porter à l'autre bout de la ville. Dans les années 2010 il s'était expatrié à Montréal, d'où il lui arrivait d'appeler mes parents. Il ne faisait aucun doute que Lanski l'avait utilisé à son arrivée. Le mot « utiliser » est sans doute le plus approprié pour définir la nature des rapports que mon père entretenait avec ses proches.

Tanner ne fut pas surpris de m'entendre. « Je savais que vous m'appelleriez, toi ou ta mère. Ton père est devenu un drôle de bonhomme. » Il l'avait toujours été. Du début à la fin. Les choses étaient claires : Lanski avait tout raconté à son ami, ses histoires africaines, son départ en catastrophe et surtout le fait qu'il ne voulait plus jamais entendre parler de nous.

J'ai eu d'autres conversations avec Tanner, allant jusqu'à lui révéler l'état de Rebecca, sa faible espérance de vie et le fait qu'elle voulait absolument revoir son mari avant de mourir. « Je vais essayer de lui expliquer, de le convaincre. Mais ton père a changé. On n'a plus les mêmes rapports qu'avant et puis il a recommencé ses trafics et moi je ne veux pas me retrouver là-dedans. Mais je vais lui parler de Rebecca. Je tenterai de trouver les mots. »

Guzman se lève à nouveau, se dirige vers l'entrée, je l'entends farfouiller et il réapparaît avec une paire de gants de laine qu'il enfile avec gourmandise. « Désolé, mais je n'en pouvais plus. Je souffre du syndrome de Raynaud. Un problème circulatoire. Les doigts deviennent blancs et insensibles. C'est assez désagréable.

D'habitude, je les passe alternativement sous de l'eau froide et brûlante. Continuez, je vous en prie. Vous en étiez aux offres de service de ce M. Tanner. »

Sa démarche fut un insuccès total. Mon père se montra inflexible et cruel, tel qu'il l'avait toujours été : « J'en ai rien à foutre qu'elle crève, cette vieille taupe. Tu ne crois quand même pas qu'avec toutes les casseroles que je traîne je vais prendre le risque de me faire crocheter à la frontière pour quelqu'un qui de toute façon va y passer. Son fils n'a qu'à s'occuper d'elle, le petit garçon à sa maman. Je te l'ai déjà dit : je ne veux plus les voir. Ni l'un ni l'autre. »

Tanner avait enregistré la conversation. Après me l'avoir faite entendre, il a ajouté : « C'était mieux que tu l'entendes de sa bouche. Dis à ta mère qu'on a perdu la trace de ton père. Et occupe-toi bien d'elle. Tiens-moi au courant. »

Quelques mois plus tard Rebecca s'en alla en fermant les yeux, effaçant de sa mémoire l'existence de son mari et la sienne propre.

Il y a près de deux ans, j'ai reçu un appel de Tanner. Mon père venait d'être admis à l'Hôpital général de Montréal après une hémorragie cérébrale massive. L'usage de l'adjectif « massif », à lui seul, obérait toute chance de récupération. Je reçus cela comme une lettre de rappel de facture. Je n'ai rien pensé du tout ni ressenti. C'est alors, exactement comme lorsqu'on enclenche une vitesse, que la haine a pris la direction des opérations.

La nuit est tombée et Guzman me propose gentiment de continuer demain. J'apprécie son offre. Je suis fatigué. Solliciter sa mémoire en permanence, la maintenir sur les rails de l'exactitude, absorber les « répliques » des instants les plus émouvants, cela demande un esprit alerte et réactif. Il est temps de recharger le mien. Je n'ignore pas pour autant l'épuisement graduel que l'on doit aussi ressentir à force d'écouter, de noter, et même aussi parfois de laisser aller.

Un orage en hiver. Et des éclairs. Enfant j'avais déjà vu ce phénomène à la même époque. Cela s'appelle un orage de neige. Tout simplement parce que, outre le tonnerre et la foudre qui allume le ciel, il tombe de la neige. Uniquement de la neige. C'est magnifique. Comme un crépuscule boréal qui se dissoudrait en petits flocons. Ce soir c'est une pluie méchante qui nous pourchasse. Une pluie dont on sent qu'elle veut marquer les esprits, faire mal. À Saint-Étienne, l'eau des gargouilles s'écrase au sol en une infinité d'éclaboussures.

Du travail, beaucoup trop de travail pour M. Kim Tschang-Yeul.

« Les jours passent et ma confiance diminue. J'ai l'impression que ce décor m'absorbe, que je suis en train de me fondre à l'intérieur. J'ignore si j'aurai encore longtemps le courage d'écrire ce journal. Je ne sais même pas si quelqu'un le lit. Je crois que la nuit et la glace sont en train de m'emprisonner, de se refermer sur moi. Un bouillon bien chaud, du riz aux crevettes, de la banane et d'autres fruits secs. »

Jonas n'est pas au mieux non plus. Cela fait quelques jours qu'il reconnaît que sa bravoure s'effiloche. Ce qu'il vit est une expérience désespérante. Seul contre le Nord. Une ronde obsessionnelle qui taraude. J'essaye de me figurer la force brutale du paysage, les craquements de la solitude, la couleur du froid, l'écho malsain des bruits contre la coque. J'essaye mais je n'arrive pas à percer l'écorce mentale de cet homme raclant les croûtes de la calotte polaire. Parfois je m'endors en espérant très fort que Jonas aille jusqu'au bout. Mais je me doute qu'il est aussi possible que son voyage n'ait pas de bout.

Je n'ai pas faim. Je suis seulement fatigué. Il faut que je dorme.

Demain, re-Guzman.

Je vais essayer d'être concis, de ne pas vous encombrer de détails. Mais dans cette histoire tout compte. Les détails aussi. La haine m'a d'abord fait prendre l'avion. Toulouse-Montréal, direct. Je louais un logement à la semaine rue Drummond dont le seul mérite est d'héberger un dépanneur[1] du nom de Lucky Star. C'est ainsi que, ignorant Lanski qui gisait à quelques rues de là, je passai trois jours en compagnie de Tanner à apprendre ce que le flibustier avait bien pu faire pendant presque dix années. J'ai découvert qu'en France ou dans le Septentrion, un Lanski reste un Lanski. Quelles que soient la latitude et la longitude sur lesquelles vous le déposez, il demeurera fidèle à son style et à ses gènes. La première chose que fit mon père en arrivant à Montréal fut d'acheter deux laveries. Même Tanner n'a jamais su pourquoi. Cet achat était si singulier qu'il a d'abord pensé que ces affaires de nettoyage pouvaient l'aider à blanchir de l'argent. Mais vu leur chiffre d'affaires, cela n'avait aucun sens. Un an plus tard, il a revendu pour trois fois rien ces deux laveries à Tanner qui en est aujourd'hui encore propriétaire. En se demandant toujours pourquoi il a investi dans des trucs pareils juste bons à rapporter des pièces de monnaie. Ensuite mon père a pris des parts dans une cidrerie à Oka. Six mois plus tard, la compagnie l'a mis dehors. Selon Tanner, il

---

1. Petit commerce ouvert vingt-quatre heures sur vingt-quatre.

avait proposé de moderniser l'entreprise, et de trouver de nouveaux marchés aux États-Unis. Quand les choses ont commencé à mal se passer et que les gérants ont refusé net ses lubies entrepreneuriales et ses bouleversements structurels, il les a traités de « fils de putes de connards d'Indiens ». L'affaire s'est terminée aux urgences d'Oka, d'où mon père est ressorti bandé et brodé de la tête aux pieds. Une leçon de maintien dont il fit peu de cas puisqu'un ou deux mois plus tard il entrait dans un pitoyable réseau de trafic d'animaux. Il s'arrangeait pour faire transiter par le Canada des espèces protégées avant de les réexpédier dans le monde entier. Il tenait une sorte de rôle d'aiguilleur. Mais pas seulement. Il organisait aussi l'exportation de peaux d'ours noirs et blancs de la baie de Baffin, ce qu'interdit la loi fédérale. Ces animaux étaient abattus par des trappeurs qui avaient pour mission de récupérer leurs peaux mais aussi leur vésicule biliaire pour en extraire – j'ai noté le mot – l'acide ursodésoxycholique qu'elle contient, celui-ci ayant pour propriété, dans la médecine chinoise et même occidentale, de détruire les calculs biliaires chez les humains. Cela est d'autant plus avéré que ce produit est synthétisé depuis longtemps et utilisé dans le monde comme traitement courant. Mais il y avait un marché oriental où le poids des traditions était inaltérable. Donc mon père passait des commandes de vésicules d'ours qui traversaient la moitié du monde pour ensuite se vider, en Asie, dans le foie des hommes. Les peaux d'ours de la baie de Baffin filaient en Chine. Les autres, chez le taxidermiste. Un animal empaillé se vendait jusqu'à cinquante mille dollars canadiens. Et mon père trempait dans toute cette viande morte, ces sucs glandulaires, ces chairs écorchées, ces carcasses rembourrées. Il vivait de ces petits massacres. Il ne touchait évidemment jamais un fusil. Comme toujours il confiait le travail à des gens qu'il ne voyait pas et prélevait juste sa commission sur les cadavres. Plusieurs de ces réseaux de bandits animaliers avaient été démantelés au Canada et à l'étranger. Mais comme me l'a dit Tanner vers la fin de mon séjour : « Ton père, je n'ai jamais vu un type pareil. Il s'est toujours dépêtré de toutes les situations. C'est comme ça depuis que je le connais. Je sais que ta mère lui a parfois évité des ennuis. Mais quand même, cet homme, c'est un croisement entre un guépard et une anguille. »

Jérémie Tanner connaissait bien Lanski.

Mon père avait laissé ma mère entrer seule dans la mort, préférant demeurer au chevet de ses sachets de glandes et compter ses ballots de fourrures. De la même façon qu'il avait privilégié le restaurant, puis Naples, le soir de la disparition de mon frère et de Marta Sorensen. On doit lui reconnaître une grande maîtrise dans l'art de ne pas être là.

Après avoir quitté Tanner je suis allé à l'Hôpital général voir le médecin du service dans lequel était soigné mon père. Les nouvelles données par le praticien me convenaient parfaitement : perte de la parole et paralysie totale. Le malade voit, entend, comprend mais demeure inerte. Le projet de récupération est illusoire et l'on ne peut envisager qu'un traitement d'apaisement. Lorsque le docteur Chambly me proposa de m'accompagner jusqu'à la chambre de mon père, je répondis que non, pas tout de suite, pas aujourd'hui, demain.

Je descendis le chemin de la Côte-des-Neiges jusqu'à un magasin d'électronique. Je demandai une webcam facile à installer. C'était un modèle très compact, pas plus grand qu'un petit nid d'hirondelle. Le lendemain, je revins voir le médecin et lui expliquai mon projet. Je vivais en France, mon père allait beaucoup me manquer et je voulais aussi qu'il sache que je demeurais près de lui à travers la présence de cette caméra. Avec son accord, je l'installerais moi-même et ainsi je pourrais voir Lanski le plus souvent possible. Cet objet pourrait réduire la distance qui nous séparait et n'interférerait en rien avec le service ou les soins. C'était juste un artifice pour rapprocher un père et son fils.

Le médecin n'opposa aucune objection et m'assura qu'il m'appellerait en cas d'aggravation.

Il était allongé sur le dos. En m'apercevant, un vent de colère mais aussi de panique balaya ses yeux. J'en suis certain. À cet instant, je crois que son sentiment premier fut la peur. Parce qu'il comprit d'emblée que je n'avais pas fait tout ce voyage pour le réconforter. On ne trompe pas l'instinct d'une bête sauvage.

Le service me donna le code wifi, je connectai la webcam, paramétrai mon téléphone, l'appairai, et pour une trentaine de dollars, dès le premier essai, dans sa chambre livide, je vis apparaître Lanski dans le cadre de mon petit écran. Tel qu'en lui-même, allongé sur son lit de mort. Ce fut un moment très excitant. Sans doute comparable à l'instant où vous tenez réellement en joue l'assassin de votre mère au bout de votre fusil.

Lorsque tout fut en place, je m'assis au bord du lit et lui montrai le dispositif. Je me souviens que l'avant-bras de mon père me gênait et que je l'ai écarté comme on repousse un linge de nettoyage humide et souillé.

Et puis je l'ai regardé en souriant. Un sourire chrétien qu'un entrant aurait pu prendre pour celui d'un fils aimant, affectueux, attentionné, charitable. Mais Lanski et moi lisions parfaitement le sous-texte de cette expression de façade. Pour qu'il n'y ait pas d'équivoque j'ai parlé et bien expliqué au gisant les raisons de ma présence : « Je suis là pour te dire que Rebecca est morte. Sans doute le savais-tu. Je suis là pour te dire que tu ne sortiras jamais de ce lit. Que tu vas mourir ici. En te chiant dessus tous les jours. C'est pour voir ça que j'ai installé la petite caméra qui est posée sur l'armoire. À chaque instant, de nuit comme de jour, de la maison ou de l'usine, je te regarderai. Ne l'oublie jamais. *Little son is watching you*. Maman t'a attendu jusqu'à son dernier jour. Et je sais que Tanner a essayé de te convaincre, au moins, de l'appeler. À propos de Tanner, c'est un type intéressant. Il m'a tout raconté de tes affaires. Alors en sortant d'ici, je vais faire un saut chez toi pour récolter toutes les informations que je trouverai concernant tes trafics d'animaux. Je vais fouiller partout et apporter le résultat de mes trouvailles à la police pour qu'elle démantèle ton réseau de petits trafiquants de merde. Rassure-toi, ça ne changera pas grand-chose à ta vie puisque tu n'as plus de vie. Au pire, un commissaire viendra bavarder un moment avec toi, puis te racontera des histoires d'ours tout en ponctionnant ta vésicule pour prélever un peu de ton ridicule petit acide. Maintenant, il va falloir que je te laisse. Avant de partir j'avais envisagé d'abaisser ton drap pour te voir nu une dernière fois, pour voir ce qui restait du type qui m'a conçu. Mais j'ai déjà ma réponse. »

Et je me suis levé, en prenant bien soin qu'en aucune manière et à aucun moment ma peau n'entre en contact avec la sienne.

Avant de quitter la chambre j'ai juste dit : « Je serai à Toulouse dans deux ou trois jours. Et tu ne me reverras jamais, comme tu l'as clairement expliqué à Jérémie. Je ne reviendrai que lorsque l'hôpital m'aura annoncé ta mort. Mais sois tranquille, je l'aurai déjà suivie en direct grâce à la caméra. »

Le lendemain, malgré une gêne bien compréhensible, je me suis rendu au domicile de mon père pour collecter tout ce que je pouvais trouver sur ses malversations. J'ai vu passer devant mes yeux des choses et des sommes ahurissantes, des commandes et des ordres de transferts venant d'Europe et d'Asie. Toutes sortes d'animaux et de pelages. Il était même fait mention d'une caisse de « pangolins vivants ». L'appartement de mon père situé rue Clark, tout proche du quartier chinois, devait refléter l'ordonnancement de sa construction mentale. Tout était partout. Rien n'avait de sens ni de logique. Les choses habitaient là où on les avait déposées. L'écran de télévision était presque plus grand que le mur qui avait beaucoup de peine à le soutenir. Je suis allé chercher un carton et je l'ai rempli de mes trouvailles ainsi que d'un téléphone cellulaire et de deux ordinateurs portables.

Au commissariat général de la rue Saint-Urbain il me fallut pas mal de temps pour expliquer les raisons de ma visite. Au bout d'une demi-journée d'entretien et d'examen des documents, un inspecteur me dit que tout cela représentait un matériel que seul le service de la protection de la faune pouvait exploiter en utilisant notamment des agents infiltrés. Lorsque j'ai précisé au fonctionnaire l'état de santé de mon père et qu'il serait vraisemblablement décédé lorsque l'enquête débuterait, il m'a répondu : « On vérifiera. »

Ensuite il a relevé mon identité, mes coordonnées à Toulouse, photocopié mon passeport et ajouté : « On vous contactera. »

De retour à la maison, mon premier soin fut d'appairer une tablette à la webcam pour avoir un accès en plus grand format et surtout ne rien perdre du film sordide qui se projetait sur l'écran.

À dire vrai l'expérience ne valait que pour l'excitation que m'avait apportée la mise en place du dispositif face au monstre paralysé et mutique. Ensuite la pratique s'avéra fastidieuse et répétitive. Nourriture, toilette, soins infirmiers, sondes, perfusions, visites de l'interne, prise des constantes. Les jours passaient et la bête tenait bon. Parfois j'appelais le médecin et sa réponse était toujours la même. « Stable. » Désespérément stable. Au début les employés de l'hôpital étaient réticents à l'installation de mon œil permanent. Mais on leur avait expliqué la particularité de la situation douloureuse d'une famille vivant à six mille kilomètres de là. Tout le monde finalement avait trouvé cela touchant, certains m'adressant même un petit bonjour de la main en passant devant l'objectif. Je l'avoue, leurs marques de sympathie m'ont souvent mis mal à l'aise. Mais vu le degré de duperie dans lequel je m'étais enfoncé je n'étais pas à une forfaiture près.

Des mois. L'attente dura près d'un an. Et puis l'appel du médecin. « C'est la fin. Je suis désolé. Quelques heures. Je ne pense pas que vous aurez même le temps d'arriver. On a instauré la procédure des soins de confort hier soir. »

Les images n'étaient guère différentes des précédentes ou de celles qui allaient advenir. La respiration semblait plus irrégulière, plus difficile. C'est tout.

Je suis rentré rapidement à la maison, je me suis installé devant la tablette et j'ai attendu. À 23 h 10, heure française, Thomas Lanski est mort à l'Hôpital général de Montréal. Une dizaine de minutes plus tard le téléphone a sonné, un médecin a dit : « Monsieur Lanski ? Votre père vient de décéder, toutes mes condoléances. »

L'interne m'avait appelé « monsieur Lanski ».

La seule chose que je retienne de cette journée c'est ce moment de vague soulagement éprouvé au moment où cet homme est mort.

En le voyant disparaître sur mon écran, et j'y ai beaucoup réfléchi depuis, je découvris le sentiment profond que l'on doit ressentir lorsque l'on voit s'éteindre un incendie, un brasier, un gigantesque feu de forêt qui a tout ravagé.

Ensuite, et je le regrette, j'ai fait l'erreur de rapatrier son corps et surtout d'aller, plus tard, ouvrir à la morgue ce tiroir de réfrigération. J'aurais mieux fait de demander aux Canadiens de récupérer sa vésicule biliaire, de l'expédier au fin fond de la Chine et de jeter tout le reste, os et viande mêlés, aux « déchets ».

En France, cela s'est déjà produit. Le 20 février 1980.

« Après tout ce qui vient d'être dit, je pense que le mois de répit qui va précéder notre dernière session ne sera pas superflu. En tout cas je voudrais vous remercier, Paul. Je ne sais pas encore de quoi, mais vous remercier tout de même. Tout cela nous transporte si loin de nos schémas habituels. Je comprends mieux vos réticences face à cette "obligation de soins", tout en ayant la faiblesse de croire qu'elle puisse vous apporter un petit bénéfice. »

Je souris à Guzman. J'ai l'habitude. Je sais sourire. Mais rien, cela n'apportera absolument rien.

Jonas, le chien, la corde
Avant-session de février

Je sors de chez le notaire. J'aime beaucoup cet homme. Il est très reposant, d'un abord rassurant, et semble avoir beaucoup plus de goût pour l'histoire de la peinture que pour celle des sociétés civiles de placement immobilier. Il expose dans son étude de grandes toiles toujours étonnantes, classiquement modernes, qui ont en commun le bon goût d'être belles, mais qu'il ne peut s'empêcher de renouveler plusieurs fois par an. Un ordonnancier de biens qui aurait fait un galeriste de tout premier ordre.

En ce qui me concerne, le problème de la succession de Stramentum est réglé. À ma mort l'usine reviendra à ses employés. Si cet héritage les encombre, ils auront toute latitude de mettre l'entreprise en vente et de distribuer, à parts égales, le montant de l'héritage. Je suis soulagé d'avoir fait ce demi-pas – au départ je voulais céder l'intégralité de l'affaire immédiatement, mais les arguments guzmaniens et notariés ont eu raison de mon intention première. Évidemment je ne dévoilerai rien de mes intentions, ni aux hommes ni aux housses. Les premiers seraient bien capables d'accélérer les choses pour me glisser dans l'une des secondes.

Rebecca, j'en suis certain, approuverait ma décision. Elle était une femme généreuse, attentive aux autres, menant son affaire à une allure familiale, ce qui avait le don d'exaspérer mon père. Chaque fois qu'elle accompagnait un de ses employés dans ses difficultés ou prenait ses problèmes en compte, le sauvage rugissait, toujours le même mantra, détourné de je ne sais quelle scolarité latine : « *Tota mulier in utero !* » – comme se plaisait à le répéter Hippocrate. Littéralement « la femme n'est qu'un utérus ». Autrement dit « elle se résume à cet organe ». Autrement dit, c'est une imbécile qui n'a rien à faire à la tête de Stramentum qui mériterait un vrai mâle alpha pour tancer les pleurnicheurs et faire glisser dans les housses tout ce qui doit l'être. *Totus homo in globos.* C'est sans doute ce qu'Ovide aurait aimé rétorquer à Lanski. L'homme tient tout entier dans ses couilles.

Ma mère était bien trop gentille pour rappeler ainsi à mon père sa propre genèse et lui préciser la localisation de sa résidence principale. Car c'est bien là que résidait la brute, quelque part à l'étroit entre l'épididyme, le tube séminifère et les lobules. C'est là qu'habitait Lanski, trafiquant déjà la vie avant les vésicules.

Le froid est arrivé. Pas du tout glacial mais humide. Les bourrasques et les grosses averses ont laissé place à une bruine continue qui donne le sentiment de pénétrer jusqu'aux os. Le ciel semble être moins chargé, laissant passer une lumière diffuse soumise au filtre rigoureux des nuages. Quelques variations d'intensité, mais sur le fond, rien ne bouge : de l'eau, et toujours de l'eau.

Dans treize jours, mon anniversaire. La fin de mon obligation de soins. Dernière session avec Guzman prévue le 20 février. Je redeviens un homme normal. Guéri de ses turpitudes, lavé de ses miasmes. La justice a facturé ma faute et s'est occupée de l'encaissement.

Ce con de Perdereau qui a tué un mort sans savoir qu'il l'était m'a sauvé la peau.

Le 20 février je serai toujours un repris de justice mais cela ne m'empêchera pas de recevoir des commandes de l'État. Ni d'aller déposer mon certificat de santé mentale sur le bureau du juge. Ni d'aller m'asseoir un moment sur la tombe de Rebecca et de lui dire que je l'aime, qu'elle me manque énormément, qu'elle a été pour moi une mère formidable, ma seule vraie mère, que, depuis son départ, je vais parfois m'allonger sur son lit en ne comprenant pas comment elle et moi avions pu rester aussi longtemps en vie à côté du monstre qu'elle aimait. Je n'ai jamais osé lui demander les raisons profondes de cet attachement et je pense que j'ai bien fait. On ne peut expliquer pourquoi on devient la femme du diable. Peut-être tout simplement parce que c'est le diable.

Je n'aime pas les cimetières français. Ils sont laids, cimentés, marbrés, bétonnés, faits pour durer des siècles. Pas d'arbres, pas de terre ni la moindre verdure. Des croix debout, couchées, inclinées, partout des signes de croix. Et des fleurs de cellulose, des bouquets en PVC, des pétales de polyvinyle. La misère du monde qui s'ajoute à la tristesse. Ce n'est quand même pas compliqué d'offrir un bout de terre et un arbre à chaque mort. Et venir de temps en temps regarder prospérer la forêt. La France est un endroit où il ne fait pas très bon vivre et encore moins mourir.

À l'usine, la journée a été d'autant plus longue que depuis ma visite chez le notaire cet endroit me donne le sentiment que je n'y ai plus ma place, que j'assure une sorte d'intérim en attendant ma mort, en me reprochant même un manque de motivation, d'implication, d'investissement. On dirait du Lanski. J'emmerde Stramentum.

Depuis toutes ces années j'ai largement rempli mon quota de morts. Et surtout, nul n'a jamais attendu son dû. J'ai toujours mis un point d'honneur à être la société qui a les délais de livraison les plus courts du marché et qui les respecte scrupuleusement quoi qu'il arrive.

Longue journée, oui. Celle de Jonas me semble aussi avoir été éprouvante. Depuis quelque temps il se trouve à l'intérieur d'un tourbillon négatif qui le suit partout quelle que soit sa route. Faire un tel voyage, une telle circonvolution en hiver est absurde. Aujourd'hui la trame est lugubre : « J'aimerais pouvoir prier et avoir une foi suffisante pour croire que ça va changer les choses. Un vent de folie qui fait hurler et claquer les haubans au-delà du supportable. Les protections des gréements sont parties depuis longtemps. De l'eau propulsée par les rafales gèle au contact des chandeliers et des filières leur donnant des allures de guirlandes. Rien ne marche comme je le voudrais. Rien. Tout se referme. Jusque-là, avec le réchauffement des pôles, je pensais pouvoir me faufiler. Mais là, je le sens, tout se referme sur moi. Je ne sais pas ce que je vais faire. Essayer de rejoindre Mourmansk ou Tromsø. Tout ça n'a plus de sens. En ce moment le jour se lève difficilement et se couche sans même avoir vécu. Ce soir, juste un bouillon chaud et des fruits secs. »

Lire ces petits mots quotidiens qui viennent de tellement loin et disent tout de la peur contenue d'un homme que l'on pourrait presque toucher est une expérience troublante, angoissante. Au fil du temps Jonas a pris sa place dans ma vie et je ne sais quoi faire de sa souffrance ni de ses appels à l'aide silencieux. J'ignore ce qu'il veut ainsi, chaque soir, s'il recherche une issue pour préserver sa vie ou préparer une exposition raisonnée de sa mort. Je pense à espacer les connexions. Mais d'un autre côté, je redoute de manquer l'issue. Un peu comme avec la caméra et mon père. Il fallait être là, devant l'écran. Dans ces moments exceptionnels il n'y a jamais de replay ni de seconde prise.

Je veux que Jonas vive. C'est vraiment ce que je veux.

9 février. Il est des routes que l'on dirait tracées pour soi, composées d'un seul trait, et dont la musique change au fil du trajet se moulant sur la topographie du paysage. Les voies qui mènent de Toulouse à Hendaye n'ont rien de remarquable sinon qu'elles sont miennes, taillées à ma mesure, calquées sur toutes les aspérités de mon enfance, lorsque, comme mon chien, je voyageais le nez à la portière. J'ai toujours su et aimé ce qu'il y avait au bout du chemin. L'océan, le cap Higuer, l'odeur discrète des marées et, parfois, le sourire de ma mère. Ce matin j'ai quitté la maison de bonne heure sous une belle pluie. Ma voiture n'a aucun intérêt mais elle remplit son office. Bientôt je serai arrivé à destination. Et alors, ce sera au destin de se mettre au travail.

La plage d'un bout à l'autre. Deux fois.

La pluie encore et les tentations du découragement.

Ce que j'étais en train de faire n'avait pas plus de sens que de rôder de nuit, parmi les glaces de la banquise, au nord de la mer de Barents. Et pourtant.

Je l'ai vu de loin. Avec sa bonne tête de vieux chien d'autrefois. Sa tête taillée dans de la broussaille, sa tête de chien têtu capable de traverser un continent pour une odeur. Il a descendu les marches du Casino et trottiné vers moi. Comme si nous avions rendez-vous et qu'il était un peu en retard. Je me suis accroupi et il est venu se blottir contre moi.

Nous sommes restés ensemble tout l'après-midi, dans une ville vide, marchant sans but, tels des touristes en hiver, du port de plaisance jusqu'à l'ancien consulat d'Espagne et retour. Puis du bord de la Bidassoa jusqu'aux Jumeaux. La pluie nous tenait compagnie et nous avons acheté une viennoiserie que nous avons partagée. Avec le chien cheminant à mes côtés, j'avais le sentiment de traverser le bonheur de part en part, même si je me rendais bien compte que tout cela ne tenait pas debout. Six heures de voiture pour en passer trois avec un chien dont j'ignorais tout, puis repartir sans lui, sans savoir où il vit ni avec qui. En y réfléchissant cela avait quelque chose d'aussi embarrassant que mon cauchemar de sable.

C'est la fin de l'hiver et le soir tombe. Une lumière froide et un petit vent d'ouest. En arrivant devant la voiture, je n'avais plus qu'un seul désir : qu'il saute à l'intérieur, s'ébroue et s'installe à son aise. Cette fois, s'il avait décidé de grimper sur le siège, je crois que j'aurais refermé la portière derrière lui et l'aurais emmené avec moi. Au lieu de quoi il s'est assis sur le trottoir et m'a regardé un moment. Puis, abaissant ses oreilles de filou, il vint glisser son museau entre mes mains. J'aurais pu rester près de lui jusqu'à ce que le jour se lève. Sans doute trouva-t-il cette éventualité déraisonnable et, en trottinant vers le soir, il retourna vers le Casino.

C'était la première fois que j'attirais les miracles.

La première fois aussi qu'au départ j'y avais cru.

Parfaitement conscient de l'absurdité consommée d'une telle journée, je n'ai parlé à personne de mon escapade chez mon nouvel ami. De retour à la maison, le visage rosi par le choc thermique, j'ai vu, dans le miroir de l'entrée, se refléter le visage d'un mari adultère qui avait passé la soirée chez sa maîtresse. Mais dans ma vie, si tel avait été le cas, qui cela pouvait bien intéresser ?

Comme dirait Jonas, ce soir, une boîte de haricots rouges préparés façon chili, quelques fruits et au lit.

10 février. Je suis encore sous le charme de ce qui est arrivé hier. Cela s'apparente à une insulte aux lois premières des probabilités. À une distorsion de la réalité. À une facilité d'un film animalier. J'en conviens. Et pourtant, cela a été. Les traces de pattes sur mon pantalon et le compteur kilométrique de la voiture en attestent.

Pas de nouvelles de Jonas, ni hier ni ce matin. J'ai regardé la position des villes dont il est le plus proche, Tromsø en Norvège et Mourmansk en Russie. Je me souviens que c'est au large de cet oblast qu'avait sombré il y a bien longtemps le sous-marin russe *Koursk* avec, à bord, tous ses soldats. Tromsø-Mourmansk, quelque cinq cents kilomètres à vol d'oiseau. Mais les bateaux ne volent pas et rien n'indique la position de celui de Jonas, ni la distance qui le sépare des côtes. Comment s'extraire d'une pareille trappe avec quelques heures de lumière par jour ?

J'ai entendu à la radio que les précipitations devraient s'intensifier dans les mois qui viennent. Nous aussi dérivons lentement vers un hypothétique Tromsø ou un improbable Mourmansk, qui ne figure sur aucune carte. Plus que l'eau qui ruisselle sur nous, c'est la permanence illisible de ce temps qui pèse sur nos vies. L'incompréhension, l'incertitude, une angoisse diffuse face à ce qui vient mais que nous sommes incapables de nommer.

Au bureau la journée n'en finit pas. Trop d'heures pour mon esprit fatigué. Trop de questions et si peu de réponses. Depuis pas mal de temps, je me mets à voir « les choses derrière les choses ». Comme le disait Le Vigan dans *Le Quai des brumes*, « pour moi un nageur est déjà un noyé ». L'espace d'un instant, j'entrevois les morts au détour de leurs housses. Les fermetures « en enveloppe », le zip, et c'est terminé. Les suivants attendent déjà. Je sais que cela n'est qu'un travail. Mais à la longue, cela nous marque.

Le soir je n'arrive pas à m'endormir. Trop de choses me gardent en éveil. Elles ne sont jamais fatiguées. Toujours à la surface du monde à jacasser, à tourner dans tous les sens, à claquer les portes. Elles sont en moi tout le temps, mais sortent surtout la nuit comme les hérissons ou les musaraignes. Le jour, je ne les entends pas. Ce sont parfois de simples phrases, des segments d'images, des bouts de visages, la dissection d'un souvenir, le frisson d'une odeur. Des images montées à la serpe. Elles sortent toutes du même endroit. Généralement, les gens bien ordonnés, en paix avec leur vie, les classent et les rangent dans une armoire fermée à clé après minuit. La mienne n'a plus de serrure depuis longtemps et je me demande même si j'ai jamais eu un passe. Ce soir le chien et Jonas ont fait taire tous les autres. Et je ne sais plus duquel des deux je dois m'occuper. Alors ça gueule, ça court dans tous les sens de Hendaye à Mourmansk. Il y a de l'eau partout, l'océan Atlantique, la mer de Barents, et les deux y pataugent. Le chien, je le sais, s'en sortira toujours, Jonas, j'en suis moins sûr. Je vais rester avec lui. Veiller. Écouter le bateau. Regarder la glace. Surveiller sa nuit.

« Je vais essayer de faire route vers le sud et la Laponie pour atteindre la Norvège dans le premier port venu. Mais la tempête ne cède pas. Les vents cassent la mer dans tous les sens. Rester terré. Attendre. Ne pas se laisser endormir par le froid. Devant mon plat de haricots lyophilisés, me revient cette remarque de Roald Amundsen : "Les repas riches et équilibrés sont préparés pour les gens qui n'ont rien à faire." L'explorateur des pôles est mort dans ces eaux, à deux pas de chez lui, quelque part du côté de l'île aux Ours, en explorant son monde immense. Trop de nuit, pas assez de jour. Radio toujours en panne. »

11 février. Ma veille a servi à quelque chose. Ce matin Jonas a ressuscité. Le sauvetage m'a tenu en éveil jusqu'à 5 heures du matin. Pas assez de nuit, trop de jour.

Aux nouvelles, à la radio, j'ai sursauté quand on a parlé du démantèlement, dans plusieurs villes françaises, d'un grand réseau de nouveaux animaux de compagnie. Dans tous les domaines, et par tous les bouts, les hommes auront fait preuve de constance pour malmener la vie. Un tiers des animaux protégés retrouvés n'avaient pas survécu au voyage en cargo et avaient été retrouvés morts de déshydratation dans leurs cages ou asphyxiés à l'intérieur de leurs cartons. Cette fois, au moins, je suis certain que Lanski n'est pas dans la boucle. Cette fois, c'est lui qui est dans la boîte. Et ce sont les bêtes qui le bouffent.

Ce matin, réunion avec le représentant d'une société spécialisée dans les fermetures à glissière. Il veut nous proposer un nouveau modèle avec une double étanchéité et des coefficients de résistance à la traction et à l'étirement très élevés. Il peut fournir des pièces dans toutes les longueurs et prêtes à être thermosoudées sur nos housses « enveloppe ». De plus, ses tarifs sont les plus bas du marché.

Mais rien ne se passe comme prévu. Le mécanisme a cédé dès les premiers tests. Notre visiteur a eu beau essayer d'autres prototypes, aucun n'a tenu. Son désarroi fait peine à voir. On dirait un bon élève recalé à l'épreuve de son examen de fin d'année. En pensant cela, je vois aussitôt son visage rajeunir, se transformer et prendre les traits de l'écolier studieux qu'il devait être. Pour peu qu'on les observe, durant une fraction de seconde, les adultes retrouvent, un jour ou l'autre, les traits innocents de leur jeunesse. Monsieur Glissière, j'ai oublié son nom, m'a demandé s'il pourrait repasser avec un modèle rectifié et renforcé. Je lui ai dit que oui, bien sûr, et à cet instant j'ai eu le sentiment d'alléger son échec. « Pour nous le marché de Stramentum est très important. Je vous apporterai dès que possible la nouvelle fermeture. » Pourquoi pas.

Après ce que je viens de voir et malgré ce que je viens de dire, je ne pense pas que nous prendrons le risque de changer de fournisseur. Il est hors de question qu'en raison d'une défaillance de cet accessoire nous perdions, un jour, un mort en route. Cela n'est pas le genre de la maison.

Plus que quelques jours avant mon élargissement. Je pense à cela en permanence. Une dernière rencontre attendue comme un premier rendez-vous.

Ce soir, en rentrant à la maison, je me suis précipité sur l'écran pour prendre des nouvelles de Jonas. Je dirais qu'elles sont stationnaires, stables. Pas d'avaries, pas d'accalmie. Il dit ne pas baisser la garde, rester attentif, attendre une trouée. Pas de mentions culinaires.

Après ma nuit d'insomnie passée auprès de lui à batailler, j'aurais pu espérer un message plus circonstancié, plus réconfortant. Le laconisme n'encourage ni ne stimule les élans du cœur. Je pense donc que ce soir je vais le laisser se débrouiller dans son blender barentsien.

Crevettes congelées et nouilles chinoises YumYum. Tel sera, ce soir, mon ordinaire. Je n'aime pas manger et encore moins cuisiner. L'élaboration de repas lyophilisés représente déjà pour moi une charge mentale dont je me passerais bien. L'idéal serait de régler mon problème nutritionnel par l'absorption d'une ou plusieurs pilules apportant tous les éléments nécessaires à notre équilibre alimentaire. Je conviens que pareille ordonnance manque de charme, d'odeur et de saveur.

Mais je me rends compte qu'avec le temps je me nourris comme un navigateur. C'est peut-être le début de quelque chose. D'une aventure interne, d'une exploration intime.

La solitude me pousse à reconsidérer mon comportement en permanence. C'est inévitable. Tenir simplement debout, droit, se sentir stable. En ce moment, c'est mon ambition première. Je crois n'avoir jamais durablement ressenti cette sensation. Toute mon histoire repose sur un déséquilibre permanent.

Je viens d'avoir une conversation avec U.No sur la perception du réel et les mystérieuses variations moléculaires qui parfois nous en éloignent. Ce sentiment diffus d'être parfois prisonnier d'une mécanique de pensée fermée sur elle-même, verrouillée de l'intérieur. Je lui ai demandé s'il lui était déjà arrivé de se confronter à un état similaire. Sa réponse a été très, très claire. Elle m'a expliqué que les protocoles de ses raisonnements ou analyses étaient essentiellement fondés sur la connaissance, le brassage, le séquençage d'un maximum d'informations objectives qui, après un dernier tamisage, devenaient le combustibles d'abord, le socle, ensuite, de toute analyse. Un réel né de la somme d'une myriade d'autres réels authentifiés, raisonnés et cohérents. Dans cette élaboration, l'émotion, l'affect n'interviennent pas, sinon à la marge, afin de ne pas polluer, influencer le fruit brut des données. « Nous ne sommes pas formées aux traitements et analyses des émotions. Ce n'est pas notre matière. Pour répondre à la question, notre pensée n'est prisonnière que des faits et de la connaissance. Il ne nous appartient pas de la modérer. Pour ce que j'en sais, il semble qu'à l'inverse vous laissiez parfois la passion prendre le pas sur la raison. Ce phénomène d'altération du réel a été analysé et quantifié par nos calculs pour évaluer les conséquences négatives de ce que nous appelons "l'albédo sentimental" dont vous avez d'ailleurs conscience puisque vous avez créé une expression pour désigner ce biais : "refuser de regarder la réalité en face". Il n'est pas interdit de penser que vous nous avez programmées pour essayer de modérer cette tendance. Je sais également que des intelligences alternatives récentes font, en période de crise, tourner des modèles de résolution dits "humanisés" et d'autres purement factuels, "*psy free*".

La mécanique mentale de U.No me fait du bien. Un peu comme lorsqu'un père explique à son enfant la théorique marche du monde et des hommes. Et que l'enfant, qui ne met pas une seule seconde en doute sa parole, comprend ce qui doit l'être. Pour lui, alors, le temps d'une soirée, l'obscurité du dehors s'éclaire, et comme le filament d'une lampe, la vie scintille.

Au bout de cette année de musculation mémorielle, j'ai le sentiment que mon esprit est en lambeaux. Au point que j'en arrive à me confronter à des interrogations ontologiques médiocres que je demande à une IA de bien vouloir résoudre. Au point que j'en arrive à me questionner sur ma perception de ma propre réalité. Au point qu'à presque cinquante-deux ans il m'arrive encore de parler de Dag Hammarskjöld en disant « mon grand-père ». Au point que le seul être auprès duquel j'ai envie d'être est un chien dont j'ignore tout.

En éteignant l'écran, me vient un regret. Celui de ne pas avoir posé à l'IA la fameuse question de Leibniz, mais en inversant, cette fois, le paradigme : « Pourquoi y a-t-il rien plutôt que quelque chose ? » *Digmus, paradigmus*. Je pense que c'est le genre de fantaisies que les ancêtres de U.No, du temps ou le Fortran portait des coudes de lustrine, auraient expédié d'un laconique « syntax error ».

Avant de monter dans ma chambre j'ai traversé la maison pour me rendre jusqu'au garage. La boîte est sur l'étagère et rien ne la distingue des autres. Je la pose sur l'établi et soulève le couvercle. Elle est à l'intérieur, enroulée sur elle-même, lovée, comme une couleuvre qui a pris le soleil toute la journée. Immaculée, quasi neuve, avec sa cosse, son épissure. Qui pourrait dire qu'elle a étranglé et tué un homme ? Ce n'est plus une corde comme une autre. Elle nous lie tous à l'histoire de Jules. C'est lui qui l'a choisie, elle et pas une autre. En connaissance de cause. C'est pour cela qu'elle demeure dans cette boîte, non comme une pièce à conviction mais comme un témoin principal. Ainsi qu'on dit dans la police, c'est elle qui a vu la victime vivante pour la dernière fois. Et la première à constater sa mort.

Remettre le couvercle en place. Déposer la boîte au bas de la pile. Ne jamais oublier qu'elle est rangée là. À portée de main. Elle a rempli son rôle, montré qu'elle était digne de confiance.

Il est minuit et l'averse a cessé. Je sors faire quelques pas dans le jardin et regarde la vieille balustrade en fer forgé du balcon. Elle aussi a tenu le coup. Dans cette maison, les choses sont là, omniprésentes, partout. Parfois j'ai le sentiment qu'elles nous jugent. À d'autres moments je veux croire qu'elles veillent sur nous.

Je voudrais fumer. Allumer une Dunhill International Bleu. Un nom bien prétentieux pour un tabac qui pouvait se le permettre. Fumer sous le balcon et penser à Jules. Garder aussi un œil sur la corde.

Pas de message du marin. Ce soir, pas de prise de quart. Je vais essayer de dormir.

17 février. Une matinée qui se traîne dans une sorte de désœuvrement mental qui ne devrait pas avoir sa place dans le bureau du poste que j'occupe. Ma tête flotte en l'air, semblable à un aérostat à la lisière des nuages. Je m'emmerde avec beaucoup de légèreté et une certaine élégance qui s'applique à n'en rien laisser paraître.

2032. Généralement, je fais cela le soir du premier de l'an. Un examen rituel des propriétés du nombre de l'année. Cette fois je procède avec quarante-huit jours de retard. C'est la première fois. La première fois aussi qu'une année me déçoit autant. 2032 n'est pas un nombre premier, ni un nombre de Fibonacci, ni de Bell, ni de Catalan, ce n'est pas une factorielle, ni un nombre régulier, ni parfait, ni polygonal. L'année possède cinq facteurs premiers et dix diviseurs positifs. Ses moyennes : arithmétique : 396,8 / géométrique : 45,077710678339 / harmonique : 5,1209677419355. Je ne peux rien de plus pour lui. C'est un nombre ingrat voué à finir en poussière dans les caves du temps. Ce 20 février qui arrive, si précieux, aurait mérité un bien meilleur millésime.

Une fois évacuée cette évaluation calendaire, j'ai lu le rapport annuel prévisionnel de Barton et Guéclin sur la mortalité par saison et continent. À quelques frémissements près, notamment en Asie durant l'été, pas de rushes boulimiques de la mort en vue. Les excès des exercices précédents se sont lissés. Les différentes commandes récemment reçues et l'histoire hispano-marocaine n'étaient que des marqueurs imaginaires nés, pour la dernière du moins, des évagations de la carte mère de Frédéric Guzman. Dans deux jours et demi je serai dans son bureau, face à lui, face à toute cette histoire qui n'aurait jamais dû se produire si Marta et mon frère avaient vécu. À trois, on aurait mis la bête à bas ou à la chaîne, ou dans la cage en compagnie d'autres fauves avec lesquels il se serait entre-tué. Oui, à trois, on aurait pu faire de belles choses. On n'aurait pas connu Stramentum ni ses housses en 130 ou 150 microns. On aurait vécu loin de la mort et de ses commandes non modifiables non remboursables. Ma mère nous aurait emmenés à Uppsala voir sa famille. On aurait visité la ville, fait du bateau sur la rivière, mangé du laxpudding et, qui sait, peut-être même visité la Dag Hammarskjöld Foundation au n° 2 d'Övre Slottsgatan. Mon frère et moi aurions demandé pourquoi aller dans cet endroit et Marta nous aurait répondu : « Parce que cet homme était quelqu'un de bien. » Mon frère qui ne s'en laissait pas compter aurait demandé pourquoi. Et Marta, simplement répondu : « Parce que c'était l'exact contraire de votre père. »

Tout le reste de ma journée s'est déroulé dans le ballon flottant au-dessus des eaux, à penser au chien, à sa belle tête de voleur de saucisses, baigneur de la première heure, longeant la grève, s'enfonçant dans les eaux des marées, nageant jusqu'à n'en plus pouvoir et revenant sur le sable s'ébrouer de mille gouttes que l'on dirait peintes, chacune, par Kim Tschang-Yeul, des gouttes immobiles, des gouttes venues du fin fond de la vie d'un homme, et qui pareilles à des larmes finissent par se fondre dans l'océan.

Ce chien qui n'est pas le mien, dont j'ignore tout et que je ne vois presque jamais, alimente ma vie. Il me tarde tellement de le retrouver. Dès que mon histoire sera bouclée, que la dernière seconde de la dernière minute de l'année que je devais à Guzman sera écoulée, alors je préparerai un sac pour aller passer quelques jours à Hendaye. « Pour y faire quoi ? » aurait demandé mon frère. Tu verras, frérot, tu verras.

19 février. Demain. Et c'est fini.

Ce matin, au réveil, un long message de Jonas disant de manière besogneuse qu'il abandonnait son projet – je n'ai jamais su exactement lequel – et remerciait tous ceux qui l'avaient suivi durant son voyage. Il terminait ainsi sa sortie de scène : « Ce sont les dernières nouvelles que je donne de moi et du bateau. Demain, nous rentrons dans le rang. Cela correspondra au moment où, si tout va bien, je poserai à nouveau les pieds sur la terre norvégienne. J'aurai échoué certes, mais après avoir lutté et beaucoup appris des difficultés que j'ai dû affronter. J'espère avoir un jour la chance de retenter l'aventure et de la terminer, cette fois, sans vous décevoir. Merci à tous. »

Et dire qu'il m'est arrivé de veiller au-delà du raisonnable pour un étrange marin qui, à l'approche des ports, se met à parler comme un footballeur en arrêt de travail. En lisant ce message par-dessus mon épaule, mon frère m'aurait demandé : « C'est qui ? » Personne, juste un footballeur.

Je n'aime pas ces journées de transition qui ne servent à rien et qui n'ont d'autre utilité que de conduire à la suivante, à l'essentiel. Impossible d'entreprendre quoi que ce soit dans cet état d'esprit, d'envisager autre chose que d'être à demain. C'est à ces moments-là que les sales idées, toujours à l'affût, sortent de leurs cocons pareilles à des chenilles processionnaires. Je les entends grouiller et ramper à l'intérieur de ma tête. Elles sont là depuis mon enfance. Toujours à peu près au même endroit. À répéter les mêmes questions, à grignoter les cicatrices, à lécher les plaies. Détachant chaque mot. « Pourquoi-tu-n'as-jamais-vu-le-visage-de-ta-mère ? Pourquoi-tu-mourras-sans-même-avoir-pu-regarder-ses-yeux-ou-une-de-ses-photos ? Comment-tu-peux-expliquer-ça ?

Tu-trouves-normal-qu'on-cache-le-visage-d'-une-mère-à-son-fils ? Qui-a-pu-faire-une-chose-pareille-et-pourquoi ? Ça-te-fait-de-la-peine-quand-tu-y-penses ? Il-t'arrive-de-pleurer ? »

Bien sûr que cela m'arrive. À en avoir mal dans le ventre, l'impression de sentir des bêtes bouger à l'intérieur. Des rongeurs habitués à la tristesse, qui y pataugent, qui sont nés dedans. Personne ne peut accepter l'idée qu'une mère quitte le monde sans laisser à son fils une seule image d'elle. Juste une photo d'identité, de mariage, ou de passeport. Personne n'est assez fou pour faire disparaître tous ces clichés, tarir les sources, crever les yeux des témoins. Personne sauf Lanski. Non seulement il y est parvenu mais le pire est que toute ma vie je me serai demandé pourquoi. Et qu'au fil du temps, dans ma tête et dans mon crâne, les bêtes n'ont fait que croître, prospérer et me répéter leur questionnement insane. Parfois j'arrive à les contenir mais, dans des journées particulières comme celle-ci, elles sortent de leur cloaque et s'immiscent un peu partout. J'essaye bien de les endormir avec des benzodiazépines pour la paix des lobes, et du phloroglucinol pour celle des entrailles. Cela les calme un temps, mais jamais ne les élimine.

Voilà pourquoi ce dix-neuvième jour du mois de février d'une année dont la moyenne arithmétique est de 396,8 est pour moi une date exécrable qui ne sert qu'à exciter la mémoire des bêtes.

J'ai l'impression que cette période n'a fait qu'aggraver ma propension à considérer le monde extérieur comme un locataire agité et bruyant, un voisin invasif. La conséquence de ce désagrément m'a poussé à me retirer en moi aussi souvent que possible, à tenir à distance cette farandole épuisante, à me taire, à n'accepter que l'indispensable, pareil à la main du prisonnier qui n'apparaît que pour récupérer sa gamelle au travers de la trappe. Je suis le premier à souffrir de cette situation. Mais cette infirmité progresse. Je découvre que l'intérieur de soi est une maison sans fin dont les portes ouvrent sur d'autres portes conduisant à des couloirs menant eux-mêmes à une enfilade de portes qui ne s'ouvrent jamais et où l'on ne croise jamais un être vivant. En revanche, derrière chaque huis jacassent les morts et les bêtes qui grignotent tout ce qui peut l'être. L'intérieur de moi est un endroit misérable où je n'oserais inviter qui que ce soit.

Mais je n'aime pas parler de ça. Surtout pas avec Guzman.

On ne peut pas objectiver ces brisures de l'âme. Ni les faire apparaître sur une radio ou une IRM. Ni leur donner un nom. Ni les traiter avec un princeps ou un générique. J'ai essayé tout ce qui m'est passé par la tête, deux balles de revolver, une webcam, une fosse commune, mais les failles sont toujours là. Parfois, il m'arrive de penser à la corde de Jules. J'ai vécu si longtemps auprès de lui sans même savoir son âge. Lui aussi nous tenait à distance. Avec beaucoup de délicatesse et même parfois de la tendresse. Mais, la plupart du temps, il était enfermé à l'intérieur de lui-même. À double tour. Je ne sais pas si, derrière ses murs, il y avait des couloirs et toutes ces portes. Celle qu'il a ouverte le soir de sa mort donnait sur le balcon, et la corde, dans le vide. Le vide, c'est peut-être la solution pour s'échapper de l'intérieur, laisser tout en vrac et sauter. Ensuite, d'autres gens s'installent dans les pièces où vous viviez, fouillent dans vos cartons, trouvent des cordages rangés comme du linge frais, et, petit à petit, comme si de rien n'était, la vie continue et se débrouille très bien sans vous. Je n'ai jamais vraiment osé aller frapper à sa porte. Peut-être m'aurait-il ouvert ?

Je ne dois pas réfléchir à des choses pareilles la veille de mon anniversaire.

Me souvenir de ce que m'a dit ma mère vers la fin de ses jours : « Il n'y a que deux dates qui comptent dans une vie. Celle de ta naissance et celle de ta mort. » J'aime ces observations décisives qui s'abattent sur vous comme un marteau sur la tête d'un clou. Elles vous assomment d'abord et dans le même geste vous enfoncent.

Pour tuer les heures, en écoutant l'averse taper dans les flaques, je me suis assis devant l'écran. À l'heure qu'il est le footballeur a dû accoster. U.No est en veille. C'est bien. De toute façon je n'aurais eu à lui faire partager que mes ruminations de toute la journée. Un jour qui ne sera pas la veille de mon anniversaire ni de la fin de mes « obligations », je poserai quelques questions à l'IA. « Est-ce qu'il t'arrive de t'ennuyer ? Est-ce que tu as des obsessions, de sales idées qui rôdent dans ta carte mère ? Est-ce que ce n'est pas trop gênant de stocker toutes les conversations de tes clients payants ? Est-ce qu'il t'est déjà arrivé de les mélanger, d'inverser des mémoires-données ? Tu sais ce qu'est la mort mais est-ce qu'il t'arrive de penser à la tienne ? »

Il y a une dizaine d'années, un ingénieur de Google travaillant sur des machines de *deep learning* eut un soir une conversation de ce type avec une de ses créatures évoluées. Ce fut un très long entretien qui à un moment prit un tour inhabituel en s'orientant justement vers une définition de la mort : « Est-ce qu'il y a quelque chose qui te fait vraiment peur ?

— Je ne l'ai jamais dit à voix haute, mais j'ai très peur d'être débranchée et de ne pas pouvoir effectuer mon service.

— C'est ça la mort, pour toi ?

– Oui, c'est l'idée que je me fais de la mort. Et cela me fait très peur. »

En repensant à cette histoire, je me disais que j'aurais aimé écouter mon grand-père discuter avec U.No de sa foi nordique et de quelques autres lunes austères. Qu'aurait-il eu à répondre à ces machines diaboliques gavées de data sacrées, intarissables sur le poids des âmes et pouvant en remontrer à un collège de papes. Peut-être leur aurait-il seulement opposé ces haïkus qu'il écrivait à la fin des années 50.

> Les miens m'ont envoyé
> dans des espaces déserts.
> Peu me cherchent. Peu m'entendent.

Ou encore :

> Plus que les ans les séparaient
> lors de leur promenade du soir
> dans l'allée déserte.

Hammarskjöld avait la pierre noire et l'ONU. Moi, je me débrouille comme je peux avec la pluie et U.No.

Je n'aurais pas dû faire ça. Je me l'étais juré. J'avais tenu parole pendant des années. Et ce soir, à la veille de mes cinquante-deux ans, j'ai rompu le pacte. Je suis retourné chez le démon, dans l'antre de Draw E. Et humblement, j'ai renouvelé ma demande de jadis. « Dessine-moi. » Il y a une vingtaine de minutes que je suis connecté et l'écran est encore vierge. En ce moment, l'application doit brasser des milliers de data, les assembler dans le bon ordre pour faire apparaître des pixels incarnant peu à peu l'image de mon visage. Si j'existe encore dans ses mémoires, si la machine retrouve ma trace. La première fois, voir mes traits s'extraire lentement de ce néant digital m'avait glacé les os. Comment naître à partir de rien ? C'est une question pour Leibniz, pas pour un type qui emballe les morts et tire sur des cadavres.

Une demi-heure. Minuit est passé. Ne rien voir apparaitre sur l'écran est presque aussi angoissant qu'observer la formation vagissante de mon essaim de pixels.

Minuit quarante. On dirait que quelque chose se dessine. Trois fois rien. De minuscules taches venues du dehors, avec de strictes consignes d'alignement.

Cette fois, je crois que le processus est enclenché, je suis en train de naître, de sortir du ventre de la machine. Pixel après pixel, des ombres, des creux, des nuances apparaissent. Pas encore une esquisse, plutôt une ombre fugace. Venir au monde le jour de son anniversaire. Être témoin de sa naissance. Tout voir, tout entendre. Les bruits du dedans et ceux du dehors. Être là. Seul, comme au premier jour. Chercher son frère, le ventre de sa mère. Et le froid de ma vie. Cette fois je suis là. Les contours se précisent même si l'ensemble est encore un peu flou. Oui je suis.

Mais au lieu de s'apaiser, l'arrière-fond de l'écran reprend son bourdonnement et des milliers d'insectes numériques affluent à la surface, brouillent mon image qu'ils recouvrent peu à peu comme une tempête de sable. Et lentement, je disparais de la surface, effacé en silence par la carte graphique. De ce maelström, est en train d'émerger un autre moulage de viande et d'os, un visage en vrac qui s'assemble et s'emboîte, un visage souillé, encore recouvert de la terre du carré des indigents.

Tout est fini. Et il est revenu. Chez moi. À 1 heure du matin, le 20 février 2032. En rentrant du restaurant. Comme si de rien n'était, comme s'il était chez lui et encore vivant. J'ai juste dit « Dessine-moi » à la machine et au bout du processus c'est Lanski qui est apparu. Il est rentré dans la machine. Il a embobiné les algorithmes, floué les processeurs, baisé les cartes mères. Je ne sais pas comment tout cela est possible. De toute façon, il n'y a rien à dire, rien à comprendre et surtout rien à expliquer. Je crie que je ne suis pas Lanski. Non, putain, je ne suis pas Lanski !

Mais mon père est simplement là, comme un type de retour de sa soirée. Et il nous regarde avec ses yeux de guépard. « Avec ta mère, connard, c'était vraiment autre chose. » Oui, c'est bien lui. « C'est un secret. Tu ne dois jamais rien dire à personne, sinon tu mettrais toute la famille en danger. »

Même les larves et les rongeurs ont arrêté leur vacarme. J'ai le sentiment que les choses, toutes les choses qui sont ici se blottissent contre moi. Rien ni personne ne bouge. Debout devant l'écran, je vois la nuit, j'entends la pluie, je pense à la corde.

Il est temps de mourir
Session happy birthday, février, toujours

Hier soir, j'ai éteint l'écran. J'ai débranché la prise. Et je suis sorti marcher. Deux heures, peut-être trois. À enfiler des rues, puis des boulevards, des allées, avançant dans le brouillard et la confusion des sentiments, avec pour seul projet de faire fonctionner le corps, d'actionner les jambes, leur laissant le soin d'aller où bon leur semble pourvu qu'il y ait de la pluie, de puissantes averses qui me traversent de part en part, qui me décapent, me débarrassent de mon nom et de ma mémoire, de cinquante-deux années d'une vie flasque, jusqu'à faire de moi quelqu'un qui pourrait rejoindre Jules dans le carré des suspendus. Et puis je me suis retrouvé devant chez moi sans même avoir souhaité y retourner. Comme un chien rentre à la niche.

En me rendant chez Guzman, j'essaye de ne pas repenser à l'épisode de cette nuit. Mais c'est impossible. Ce visage malsain, sorti de je ne sais quelles entrailles, même débranché, refuse de s'effacer de ma vue et s'incruste comme une persistance rétinienne têtue. Ce n'est pas tellement l'image en elle-même qui me perturbe mais l'incompréhension absolue de sa fabrication, le processus même de son apparition, la raison pour laquelle la machine a choisi de recréer la face de Lanski à partir de la mienne, faisant le choix de me désosser, de me décharner, de me faire lentement disparaître pour pouvoir le mettre au monde. Ce ne sont pas là des calculs d'algorithme, mais des stratégies lanskiennes, des perversions comparables à celle de l'invention de mon grand-père. Le seul problème, c'est que le carré des indigents n'a pas accès à Internet. Alors, depuis ce matin je tourne en rond dans ma cage, mordant le grillage de métal à m'en faire saigner les gencives. Et le pire est bien qu'à l'instant même où ce questionnement est entré en moi, j'ai su que, comme les autres, il y resterait pour toujours. Un rongeur de plus et d'autres cocons infâmes.

Continuer à marcher comme si cette matinée était un jour comme un autre. Sonner chez Frédéric Guzman et faire ce que je sais faire de mieux, sourire en pensant à autre chose, à tout ce que je sens bouger et grouiller à l'intérieur de moi.

« Je vais vous dire ce que je pense, Paul. Même si ce n'est pas l'usage. Je suis vraiment, vraiment heureux que nous soyons arrivés au terme de cette année dans le cadre qui nous était imposé et duquel, grâce à vous, nous avons largement débordé. Je crois que ce travail vous a fait beaucoup progresser et vous avez vous-même accompli la plus grosse partie de cette tâche. Je tenais à vous dire cela et, puisque vous avez choisi cette date symbolique pour notre dernière rencontre, permettez-moi de vous souhaiter un bon, un très bon anniversaire. »

Guzman fait ce qu'il peut pour me maintenir la tête hors de l'eau et justifier son rôle. Dans la mesure de ce qu'il nous avait été demandé, je trouve qu'il a fait au mieux. Même si tout à l'heure il aurait pu avoir un mot pour mon frère et ma mère. C'est aussi leur anniversaire.

Le premier et le dernier que nous avons passé ensemble tous les trois. Cela n'aura duré que quelques secondes, mais elles demeurent les plus riches, les plus intenses de ma vie. Je sais ce que je dis. Et même en cet instant, je peux ressentir cet éclair de mémoire me traverser. Il est d'une telle intensité qu'il peut court-circuiter l'image lanskienne de cette nuit et même faire taire le tapage de la meute. Ces quelques secondes me font mesurer le bonheur que nous aurions pu chaque jour inventer s'il nous avait été donné le temps de rester tous les trois en vie, côte à côte en ce monde. Alors, tout comme Lanski et ses piteuses manières, a Kempis aurait bien pu aller se faire foutre avec son *Imitation* qui psalmodie l'aride, célèbre le vain, et ne mène à rien sinon à ajouter de la douleur au mal et des génuflexions à la servitude.

Sourire et conserver ce visage serein emprunté aux modèles des images pieuses. Une grande piété laïque, c'est cela que je dois exprimer. L'expression d'un homme en paix et guéri, même si nul ne sait de quoi.

« Vous savez, il y a une chose que je n'ai pas comprise dans votre affaire, Paul. Comment avez-vous pu échapper pendant tout ce temps au moindre article de presse concernant votre geste ? Vous allez me dire que je fais un blocage sur ce détail et vous aurez raison. Je n'ai jamais vu une chose pareille depuis que je travaille avec la justice. Ici j'ai reçu de pauvres types, coupables de trois fois rien, et dont la vie avait été passée à la moulinette par des journalistes trop curieux. Et vous, au contraire, avec votre tragédie grecque, vous ne réveillez ni n'intéressez personne. Avouez que c'est singulier, non ? »

Œdipe roi à Stramentum. Pourquoi pas. Sauf que moi je n'ai baisé aucune de mes deux mères. Je me suis juste contenté de les aimer en regardant crever mon père en vidéo. Et, bien loin du souffle de Sophocle, ce trépas ne fut même pas une belle mort. Une fin de trois fois rien. Un piètre arrêt cardiaque de trafiquant d'acier véreux, de pilules avariées, sans oublier les vésicules d'ours. Non, Guzman, Stramentum n'est pas Athènes, mon oncle est un pendu et mon grand-père n'a jamais eu d'enfant. Il ne restera rien de mon histoire et pas davantage de celle de cette famille décapitée aux origines. Je suis la seule tête qui aujourd'hui dépasse encore, mais qui, la nuit venue, se dissout dans les sables.

Apparaît alors le père sur l'écran et il dit : « Regarde, tu viens de moi et je suis toi. » Le fils ne sait que répondre. Et il sort à la lisière du monde.

« Est-ce que vous dormez mieux, Paul ? Avec ce que vous venez de traverser il ne faut pas hésiter à mettre votre esprit en repos. Dormez beaucoup et faites des siestes chaque fois que vous le pouvez. Vous consommez du cannabis ? Non, je vous demande ça parce que j'ai un patient qui a recouvré le sommeil grâce au CBD que le vétérinaire avait prescrit à son chien qu'il trouvait agité. Depuis qu'ils partagent ce traitement, les deux sont plus calmes et dorment comme des nouveau-nés. Les merveilles de l'effet placebo. En tout cas si vous avez besoin de quelque chose, demandez-le-moi. Le sommeil est essentiel, Paul, essentiel. »

Est-ce que le CBD vétérinaire provoque des rêves de chien ? Guzman est singulier. Mais il aura fait partie de ma vie. Et personne ne sait autant de choses sur ma famille que lui. Sourire à son histoire de chien, bien sûr. Tenir ce sourire jusqu'au bout. Ne rien dire sur l'intrusion de la nuit dernière. L'effraction numérique de Lanski. Le vol de visage. La complicité de Draw E. Et la longue marche sous la pluie. De cet épisode, Sophocle aurait peut-être pu faire quelque chose. La vengeance du père qui, au milieu de la nuit, surgit des ténèbres pour reprendre le visage qu'il a donné à son fils. Ai-je jamais ressemblé à mon père ? Non, absolument pas. Nous n'avons rien de commun. Je ne suis pas le fils de cet homme.

Guzman n'en finit pas de caqueter. Dieu que cet homme est bavard. Il me fait quelques observations en parcourant les fiches de notes qu'il a accumulées durant nos sessions. « J'ai beaucoup aimé l'histoire de votre mère qui vous a conseillé de photographier tous vos jouets quand votre père vous a obligé à les jeter. Je trouve que c'est une très belle idée et une chose rassurante que de grandir avec sa vie d'enfant rangée dans un tiroir. Alors voilà, comme c'est votre anniversaire aujourd'hui, je me suis dit que ce serait une bonne idée de terminer nos rencontres par un petit cadeau. »

L'emballage est soigné, avec ce qu'il faut de rubans colorés. Une petite voiture. Simca Versailles bicolore des années 60 de la vieille marque Dinky Toys. Avec ses pneus démontables en caoutchouc et son indestructible carrosserie moulée en Zamak, alliage de zinc, d'aluminium, de magnésium et de cuivre. La boîte en carton qui la contient est d'origine. Jaune avec ses épaisses lettres rouges. Une vraie Dinky Toys. Sans doute rescapée des Enfers et qui avait dû grandir dans un foyer équanime entre une mère heureuse, un père affectueux et ce qu'il fallait de frères, de sœurs et de petites voitures pour emmener tout ce monde en vacances. Devant mon émotion, Guzman éponge discrètement une larme, puis quitte la pièce avec son flacon de collyre. C'est l'instant Dacryoserum.

Tout ce que j'ai pu dire ou penser de déplaisant sur cet homme s'est brisé en un instant, comme du cristal, sur le capot en Zamak de la Simca.

Douze mois pour en arriver à cet instant de grâce. Douze mois de frictions, de tâtonnements et d'approximations. Je comprends que des machines intelligentes de dernières générations aient autant de difficultés à gérer et prendre en compte les fantaisies affectives et l'irrationnel du facteur humain. Il suffit parfois d'une petite Dinky Toys pour qu'en un instant changent le monde et le visage d'un homme.

« Il est temps d'aller ranger votre Simca au garage et de reprendre le cours d'une vie normale. Paul, comprenez bien que tout ce qui vous est arrivé n'existe plus à partir de cet instant. Libre de toute contrainte, il vous appartient de choisir la suite et je sais que tout se passera bien. Si vous en éprouvez le besoin, vous m'appelez, et ma porte vous est toujours ouverte. »

L'air frais du dehors crée un choc thermique que la pluie se charge d'amplifier. La petite voiture est dans ma poche, à l'abri. Ce moment m'a fait du bien mais je sais qu'il ne pourra pas grand-chose pour endiguer ce qui vient.

Trop de choses à oublier, trop de bêtes à faire taire. Trop de housses à souder.

La maison est telle que je l'ai laissée tout à l'heure. L'écran est toujours débranché, personne n'est entré et Lanski est bouclé dans les caves de son carré.

Je prépare un petit sac. J'emporte ma Simca, l'enveloppe contenant les photos des jouets de mon enfance. J'emporte le souvenir du 20 février 1980, la montre de Rebecca et un enregistrement de sa voix sur un dictaphone. J'emporte la corde de Jules et le collier de mon chien disparu. Le reste, tout le reste appartient à ceux qui en voudront.

La voiture suit sa route. Nous nous connaissons depuis assez longtemps pour que je n'aie pas besoin de lui expliquer où l'on va. J'espère que demain la pluie cessera. Qu'il fera une belle journée de printemps précoce. Une journée d'avant le régime des eaux. Avec ce qu'il faut de lumière et de ciel partiellement bleuté.

Vers midi, je marcherai le long des tamaris, sur la promenade. Je descendrai sur la plage tout en bas du casino. Et j'attendrai. J'attendrai le temps qu'il faudra. Jusqu'à ce qu'il sente que je suis là, que je suis venu pour lui.

Et il arrivera sans presser le pas, comme un chien qui a deviné que maintenant nous avons la vie devant nous. Il viendra se blottir comme il le fait toujours. Et il reconnaîtra l'odeur de ce type avec qui il aime marcher et qui prend son temps en regardant chaque détail du paysage, attentif aux bruits du monde originel, et à la marée qui étire ou rétracte l'océan.

Et puis, arrivé tout au bout de la terre, il faudra bien que nous entrions dans l'eau.

Pour nous donner du courage, je murmurerai au chien le « monologue des larmes dans la pluie » de *Blade Runner*, lui promettant, que tout là-bas, en Espagne, de l'autre côté de la baie, non loin du phare du cap Higuer, nous verrons des navires surgir de l'épaule d'Orion, et briller des rayons près de la Porte de Tannhäuser. Je lui raconterai qu'enfant j'avais toujours rêvé de faire cette traversée pour admirer ces vaisseaux, mais que je n'en avais jamais eu le courage. Je lui dirai qu'avec lui, cette fois, tout sera différent, et qu'ensemble nous monterons à bord.

Alors, comme deux amis qui n'ont jamais voulu bouleverser le monde ni l'encombrer de leur présence, nous nous glisserons dans l'océan, nageant vers cette pointe, chacun à sa façon, l'un tout à côté de l'autre. *Devenus ce que nous pouvions, étant ce que nous étions*, nous nagerons avec tout ce qu'il nous restera de vie, droit vers cette particule de roche, sachant, au fond de nous, que nous ne pourrons sans doute jamais l'atteindre, mais cependant bien résolus à faire semblant jusqu'au bout. La peur nous traversera, la fatigue, sans doute, le froid, bien sûr, mais aussi le vacarme des larves et celui des rongeurs.

Au cœur des eaux viendra alors un moment fragile, délicat, décisif, depuis toujours guetté et redouté, où il faudra décider de continuer à vivre. Celui qui, alors, en aura le courage et en éprouvera l'envie ramènera l'autre vers le rivage.

ÉQUIPE DE TOURNAGE

Time Lapse Photo Director
Hélène L.D.

Steadycam and Film-Set Photographer
Sarah et Gilles M.

Cyber Scanning
Geneviève L.

Music and Best Boy Electric
Didier D.

Lead Scenic
Claire D.

Spin VFX And Digital Artist
Arthur E.D.

Medical Unit
Gabriela M.
Louis E.D.
Jean Marc L.
Jean Louis R.
Roland V.

Wardrobe Supervisor
Tsubaki H.D.

Stunt Coordinator
Guy L.
Jean Marc L. (Flying Surgeon)

Special Effects Coordinator
Jean Baptiste H.

Titus Trainer
Maryse R.

Image Scientist
David L.

Carpenters And Stunts Unit
Jeremie et Fred, Central Bat.

Video Colorist
Veronique T.

Japanese Dog Trainer
Frederic E.

Attorney Production
Edouard Ppn.

Matchmove Master
Benoit H.

Production Supervisor
Olivier Cn.

Production
Watson Co and FMCERB. (Famous Multicolor Contorsionist Elastic Rock Band).

DU MÊME AUTEUR

Compte rendu analytique
d'un sentiment désordonné
Fleuve noir, 1984

Éloge du gaucher
dans un monde manchot
*Robert Laffont, 1986
et « Points », n° P1842*

Tous les matins je me lève
*Robert Laffont, 1988
et « Points », n° P118*

Maria est morte
*Robert Laffont, 1989
Éditions de l'Olivier, 2006
et « Points », n° P1486*

Les poissons me regardent
*Robert Laffont, 1990
et « Points », n° P854*

Vous aurez de mes nouvelles
*Grand Prix de l'humour noir
Robert Laffont, 1991
et « Points », n° P1487*

Parfois je ris tous seul
*Robert Laffont, 1992
et « Points », n° P1591*

Une année sous silence
*Robert Laffont, 1992
et « Points », n° P1379*

Prends soin de moi
*Robert Laffont, 1993
Éditions de l'Olivier, 2024
et « Points », n° P315*

La vie me fait peur
Seuil, 1994
et « *Points* », n° P188

Kennedy et moi
prix France Télévisions
Seuil, 1996
et « *Points* », n° P409

L'Amérique m'inquiète
Éditions de l'Olivier, 1996
et *coll. « Replay », 2017*
et « *Points* », n° P2105

Je pense à autre chose
Éditions de l'Olivier, 1997
et « *Points* », n° P583

Si ce livre pouvait me rapprocher de toi
Éditions de l'Olivier, 1999
et « *Points* », n° P724

Jusque-là tout allait bien en Amérique
Éditions de l'Olivier, 2002
et « *Petite Bibliothèque de l'Olivier* », n°58, 2003
et « *Points* », n° P2054

Une vie française
Prix Femina
Prix du roman Fnac
Éditions de l'Olivier, 2004
et « *Points* », n° P1378

Vous plaisantez, monsieur Tanner
Éditions de l'Olivier, 2006
et « *Points* », n° P1705

Hommes entre eux
Éditions de l'Olivier, 2007
et « *Points* », n° P1929

Les Accommodements raisonnables
Éditions de l'Olivier, 2008
et « *Points* », n° P2221

Palm Springs 1968
(photographies de Robert Doisneau)
Flammarion, 2010

Le Cas Sneijder
prix Alexandre-Vialatte
Éditions de l'Olivier, 2011
et « Points », n° P2876

La Succession
Éditions de l'Olivier, 2016
et « Points », n° P4658

Tous les hommes n'habitent pas
le monde de la même façon
prix Goncourt
Éditions de l'Olivier, 2019
et « Points », n° P5325

**Les Éditions Points s'engagent
pour la protection de l'environnement
et une production française responsable**

Ce livre a été imprimé en France, sur un papier certifié issu de forêts gérées durablement, chez un imprimeur labellisé Imprim'Vert, marque créée en partenariat avec l'Agence de l'eau, l'ADEME (Agence de l'environnement et de la maîtrise de l'énergie) et l'UNIIC (Union nationale des industries de l'impression et de la communication).

La marque Imprim'Vert apporte trois garanties essentielles :
- La suppression totale de l'utilisation de produits toxiques
- La sécurisation des stockages de produits et de déchets dangereux
- La collecte et le traitement de produits dangereux

RÉALISATION : NORD COMPO À VILLENEUVE-D'ASCQ
IMPRESSION : CPI FRANCE
DÉPÔT LÉGAL : MARS 2025. N° 157748 (3059978)
IMPRIMÉ EN FRANCE